GEORGES DOR

IL NEIGE, AMOUR...

ROMAN

ÉDITIONS QUÉBEC/AMÉRIQUE

425, RUE ST-JEAN-BAPTISTE, MONTRÉAL, QUÉBEC H2Y 2Z7 (514) 393-1450

Données de catalogage avant publication (Canada)

Dor, Georges, 1931-
    Il neige amour…

    (Collection Deux Continents)
    ISBN 2-89037-505-6

    I. Titre. II. Collection.

PS8557.073146 1990   C843'.54   C90-096549-5
PS9557.073146 1990
PQ3919.2.D67146 1990

Dépôt légal
4e trimestre 1990
Bibliothèque nationale du Québec
Bibliothèque nationale du Canada

Montage
Édiscript enr.

À Margot,
la mère de nos
enfants

Mes remerciements les plus sincères à Gilles Leclerc et à Diane Martin pour leur précieux appui.

LE PREMIER JOUR

Par une belle fin d'après-midi du mois d'octobre de 1982, Causapscal Beauséjour stationna sa voiture dans la cour réservée aux visiteurs de l'abbaye cistercienne de Notre-Dame-du-Lac, mieux connue sous le nom de la Trappe d'Oka, située à une trentaine de kilomètres au nord-ouest de Montréal. C'est là, au milieu de collines bucoliques dominant le lac des Deux-Montagnes, que deux moines venus de l'abbaye de Bellefontaine, en France, s'installèrent temporairement dans une humble maison de meunier, le 1er septembre 1881, et commencèrent à bâtir le premier monastère sur des terres concédées par les Messieurs de Saint-Sulpice et le séminaire de Montréal. Dans une lettre adressée alors aux Trappistes français, le supérieur du Séminaire, Monsieur Baile, décrivait les lieux ainsi: *La terre que le Séminaire vous offre n'est ni une montagne ni une plaine proprement dite. C'est un sol accidenté qui participe de l'une et de l'autre de ces conditions, mais beaucoup plus de la seconde que de la première. Elle est à 12 lieues au nord-ouest de Montréal, sur les bords du petit lac des Deux-Montagnes. Les communications avec la ville sont tout à fait faciles, et par terre et par eau.*

C'est dans ce coin de terre que vient d'arriver Causapscal Beauséjour; il a fait le trajet sans se presser

depuis la métropole, dans cette lumière tiède que l'été
indien répand sur le paysage québécois: les arbres,
encore parés de leur éclat multicolore, s'enveloppent
d'un éclairage envoûtant, les champs jaunis baignent
dans les derniers feux d'une saison qu'on voudrait voir
s'éterniser et à laquelle va succéder pourtant la grisaille
de novembre; on a peine à croire qu'approchent les
mauvais jours, tant la clémence du temps est alors
bienfaisante et l'air, d'une douceur exquise. Mais le
nouvel arrivant à la Trappe avait du mal à goûter les
délices du temps: l'amertume emplissait son âme et dans
sa poitrine battait un cœur las; de même que le soleil ne
fait pousser dans les jardins que ce que l'on y a semé, il
n'accroît la joie que dans les cœurs où elle existe déjà.

Depuis l'autoroute des Laurentides, Causapscal avait
emprunté le chemin qui traverse les villes de Saint-
Eustache et de Deux-Montagnes. À Saint-Eustache, il avait
fait une halte dans un café, devant l'église où les Patriotes
se sont barricadés, en 1837, et dont la façade porte toujours les marques des boulets tirés par la milice anglaise.
Après avoir songé un instant à ces femmes et à ces
hommes oubliés, comme tous les vaincus de la terre, il
avait poursuivi lentement sa route.

Le long du chemin sinueux qui mène à Oka, les
maraîchers s'affairaient derrière leurs kiosques débordant
de fruits et de légumes.

Des gens flânaient autour des maisons, dans les
parterres, pendant que d'autres profitaient des derniers
beaux jours pour faire une balade à vélo. Un couple de
jeunes cyclistes se trouvait justement dans la cour de
l'abbaye cistercienne, quand Causapscal y gara sa voiture.
Des amoureux, sans doute. Il les regarda s'éloigner,
enviant leur jeunesse, ému par leurs rires clairs. C'est à
cause d'amours catastrophiques qu'il venait se retirer à
l'abbaye durant une semaine. Les tourments qu'il avait
subis, au cours des dernières années, avaient ébranlé
jusqu'aux fondements mêmes de sa vie. Jeune homme,
au début des années cinquante, après sa sortie du grand

séminaire, Causapscal avait pu se complaire dans les joies troubles du cœur, s'adonner à un jeu qui n'engageait que la surface de son être. Les rapports entre garçons et filles s'imprégnaient en ce temps-là d'une pudeur et d'une retenue qui feraient aujourd'hui sourire, mais qui correspondaient à son éducation puritaine. Certes, à l'époque il existait d'audacieuses filles qui se moquaient des tabous, recherchaient les étreintes troublantes et une intimité physique à laquelle seul manquait l'acte sexuel lui-même; il y en avait aussi, peu nombreuses, qui «couchaient», mais la plupart reflétaient dans leur allure les rêves diaphanes qu'elles portaient en elles. Il faut voir des photos de ce temps-là, pourtant pas si lointain, pour mesurer la distance qui sépare les filles de leurs mères.

Pour ce qui est des garçons, la nature les a de tout temps poussés à des audaces que la religion catholique combattait alors avec un acharnement pathétique. Les mœurs ont tellement changé au Québec qu'à cinquante-trois ans, Causapscal peut croire qu'il est né sur une autre planète.

Le retraitant tira du coffre de sa voiture deux valises, l'une contenant des vêtements et l'autre, des livres, des cahiers de notes, une radio portative et des cassettes de musique. Lors d'une visite à la Trappe, la semaine précédente, il avait réservé à l'hôtellerie de l'abbaye la cellule qu'il occupera durant ces jours de retraite, et il s'était ouvert au père Abbé des raisons de sa démarche, sans toutefois entrer dans le détail de la douloureuse histoire d'amour qui l'a laissé défait, misérable, écorché vif. Après avoir rangé ses effets personnels, Causapscal se rendit à la chapelle. L'ambiance lui rappela l'église paroissiale de son enfance lointaine, à Saint-Léonard-d'Aston, le village où il est né, en octobre 1929, le jour même où survint le krach à la Bourse de New York.

À part la naissance du cinquième et dernier enfant chez le barbier Josaphat Beauséjour, rien de remarquable n'arriva ce jour-là au village. La mère avait accouché courageusement durant l'après-midi. Le soir même, dans le salon de barbier attenant à la maison, Josaphat recevait les félicitations d'usage de quelques clients.

Il s'appliquait à tailler la moustache du maire, quand on annonça à la radio, en décrivant la panique des milieux financiers, l'effondrement des valeurs boursières de New York. Le maire, marchand général et maquignon, intéressé, avait tendu l'oreille. Josaphat continua à vanter les mérites de sa femme, sans s'inquiéter nullement des répercussions qu'aurait dans sa vie la crise économique dont on rapportait le premier acte dans le petit appareil de radio en forme d'ogive, posé sur une tablette. Déjà père de quatre filles, Josaphat avait enfin un fils, et c'était cela, aujourd'hui, le grand événement! Plein de reconnaissance envers sa femme, il lui avait laissé le soin de choisir le prénom de l'enfant. Elle décida de l'appeler Causapscal, du nom de son village natal, dans la vallée de la Matapédia. Elle dut pour cela tenir tête au curé qui lui reprochait de ne pas donner à son fils le prénom d'un saint.

– Si on peut donner le nom d'un saint à un village, je ne vois pas pourquoi je ne donnerais pas celui d'un village à mon garçon! avait plaidé la mère.

Le curé s'était finalement rendu à cet argument, mais il avait insidieusement ajouté le prénom de Léonard au moment de verser l'eau lustrale sur le front de l'enfant.

Plus tard, chaque fois qu'il reviendrait de passer des vacances en Gaspésie, Causapscal ne manquerait jamais de s'arrêter dans le village dont il portait le nom.

La Gaspésie... c'est là, sur le quai de Percé, un jour de juillet 1979, que Causapscal Beauséjour s'était trouvé face à face avec Blanche Lanoie, qu'il n'avait pas revue depuis leur jeunesse, à Trois-Rivières. Au milieu des touristes impatients de s'embarquer pour la sempiternelle balade autour de l'île Bonaventure, mêlés aux curieux et aux badauds, ils se heurtèrent légèrement et ils restèrent un moment l'un et l'autre stupéfaits. Puis, incrédules, ils murmurèrent simultanément, elle: «Causapscal!», et lui: «Blanche!»

C'était une de ces glorieuses journées d'été où l'extrême pointe de la péninsule gaspésienne semble transformée en côte méditerranéenne et étale dans une lumière vibrante des beautés incomparables: la mer, sous un soleil éclatant, la frange rutilante et mouvante de la crête des vagues, le vol incessant des innombrables fous de Bassan déployant leurs ailes blanches dans un ciel d'azur, les escarpements de pierre rouge enveloppés d'une infime brume lumineuse, l'île Bonaventure qu'on dirait posée là pour le seul plaisir du regard, le célèbre Rocher, omniprésent, immuable et superbe, que survolent les oiseaux de mer, l'éclat de toutes choses dans l'air vaporeux. Et cette odeur d'iode et de varech, ce goût de sel sur les lèvres!....

Causapscal, revenu à sa chambrette de la Trappe, va s'asseoir à la petite table sur laquelle il dispose ses livres et ses cahiers. Après avoir inséré dans sa radiocassette le *Requiem* de Mozart, il ouvre un de ses cahiers, rempli d'une écriture fine et régulière. Il lit:

Percé, le 15 juillet 1979

Les premières mesures du *Requiem* se font entendre, cordes et instruments à vent amplifiant une lente et large respiration à laquelle se mêlent ensuite les chœurs. Causapscal garde un moment les yeux fixés sur la date du 15 juillet 1979. L'esprit dans le vague, il écoute les violons exprimer toute la tristesse du monde, une tristesse semblable à celle qu'engendrent ces amours illusoires dont on ne guérit jamais qu'à demi, parce qu'elles entament une part de l'être inaccessible au temps lui-même. Puis, au moment où les voix s'élèvent avec allégresse, il entreprend la lecture de son journal.

Un garçonnet, tenant la main de son père, lançait des morceaux de pain à quelques goélands; des vacanciers en partance pour l'île Bonaventure l'imitèrent, et bientôt une nuée de grands oiseaux blancs tournoya au-dessus d'eux. Des touristes prirent peur devant leur nombre grandissant, leurs cris stridents et le bruit étrange et soyeux de leurs battements d'ailes.

Causapscal entraîna Blanche à l'écart. Ils n'avaient encore dit que leurs noms, ravis par le hasard qui les réunissait en cette parfaite journée d'été. Ils s'arrêtèrent sur la plage.

Blanche portait un pantalon blanc et une marinière bleue. Elle avait encore des charmes que beaucoup de femmes n'ont plus à quarante-huit ans. Dotée d'une ossature fine, elle avait gardé une silhouette svelte. Certes, elle n'affichait plus l'éclat de la jeunesse, mais elle montrait toujours ce port de tête noble, et le regard profond de ses yeux pers fascina Causapscal comme dans sa jeunesse. Debout, face à la mer, elle retenait de sa main droite une abondante chevelure ondulée que soulevait le vent du large.

Pieds nus dans ses sandales, vêtu d'un pantalon de velours côtelé relevé jusqu'à mi-jambes, Causapscal avait noué autour de son cou les manches d'un léger lainage qu'il portait sur les épaules. Seules les rides autour des yeux témoignaient de ses cinquante ans. Mais Blanche reconnut le sourire narquois et l'œil inquisiteur du jeune homme qu'elle avait tant aimé à Trois-Rivières.

Il parla le premier, comme il le faisait autrefois. Bien vite ils surent qu'ils étaient tous les deux seuls à Percé. Il expliqua qu'il avait besoin de cette semaine de repos: il préparait une saison d'automne fort chargée à Radio-Canada, où il était réalisateur d'émissions culturelles à la radio.

«Ma femme n'aime pas la Gaspésie et nos trois enfants, adultes maintenant, préfèrent rester en ville avec leurs amis», ajouta-t-il.

Blanche avait quitté Trois-Rivières après son divorce, survenu quelques années auparavant, et elle travaillait dans une agence de publicité, à Montréal. Sa fille unique, Neige, poursuivait ses études de violoncelle au Conservatoire de Trois-Rivières. Très talentueuse, elle se destinait à l'enseignement plutôt qu'à la carrière de soliste.

Euphorique, Blanche s'exprimait avec précipitation et enthousiasme. Plus elle parlait et plus le ciel devenait bleu, les oiseaux blancs, l'air léger, le Rocher fascinant, et l'île Bonaventure sublime.

Causapscal logeait à l'hôtellerie du *Pirate*, en plein centre du village de Percé. Ils allèrent s'asseoir à la terrasse derrière l'auberge, face à la mer. Comme les vagues déferlant sur le rivage, leurs souvenirs les assaillirent, perlés de toutes les séductions. La marée montante de l'émotion qui saisit le cœur humain, lorsqu'il croit retrouver sa jeunesse, s'éleva en eux plus encore que les eaux se rejoignant graduellement entre le rocher Percé et la rive. Ils se trouvaient devant la mer comme naguère devant le fleuve, à Trois-Rivières, sur la terrasse Turcotte où ils allaient souvent se promener par les beaux soirs d'été.

Dans sa chambrette de la Trappe, Causapscal ne lit plus son journal. Tandis que la sublime musique de Mozart emplit son âme, ses pensées vont à la dérive. Il se revoit, enfant, sur le pont du traversier le *Laviolette*, le jour où sa famille quitta Saint-Léonard pour Trois-Rivières. C'était en 1940. La crise dont le père ne s'était pas soucié, le jour de la naissance de son fils, avait finalement eu raison de son métier de barbier: les villageois et les paysans, sans le sou, avaient délaissé progressivement son salon. L'effondrement de l'économie avait également eu pour effet de réduire les cachets de ses engagements de violoneux à bien peu de chose. Les filles avaient grandi et rêvaient d'aller vivre à Trois-Rivières. Josaphat avait dû se résigner à quitter son village.

La guerre faisait rage en Europe, et on embauchait des ouvriers à l'usine de textiles de la Wabasso. Un des frères de Josaphat, Victor, y travaillait déjà. Le père et ses deux aînées, Anita et Annette, y trouveraient un emploi.

C'est avec beaucoup de tristesse que Josaphat Beauséjour vit disparaître dans le lointain les deux clochers de l'église de Saint-Léonard-d'Aston. Le temps était chaud et humide. Une légère brume bleutée enrobait le paysage, liait toutes choses dans la plaine; le soleil faisait reluire les tôles recouvrant les toitures des granges, les maisons et les bâtiments de ferme s'estompaient au milieu des champs.

À quarante-cinq ans, comme des milliers de Québécois de l'époque, Josaphat quittait l'univers familier et chaleureux de son village pour entreprendre une vie de journalier, dans le vacarme des métiers à tisser industriels.

Pit Lebœuf, voisin camionneur, avait offert aux Beauséjour de s'occuper du déménagement. Josaphat avait placé entre lui et sa femme Émilia, sur le siège huileux du camion, l'étui en bois de son violon. Peut-être aurait-il l'occasion d'en jouer davantage à Trois-Rivières. Il emportait aussi, dans un coffre de sa fabrication, tout son attirail de barbier: ciseaux, rasoirs, brosses à cheveux, boîtes à poudre, tasses à barbe, pierre à affiler, peignes de toutes dimensions, bouteilles de parfums et de lotions; il espérait en effet ajouter à son maigre salaire d'ouvrier le fruit de quelques coupes de cheveux clandestines.

Tout le long du trajet, la route de gravier, cahoteuse, secoua le véhicule et ballotta les passagers. Assise entre Pit Lebœuf et son mari, la mère resta silencieuse, cependant que les deux hommes conversaient en élevant la voix à cause du moteur bruyant.

Perché avec ses deux plus jeunes sœurs, Amélie et Catherine, sur les meubles et objets empilés dans la benne du camion, Causapscal aperçut le fleuve qu'ils allaient traverser à Sainte-Angèle, et bientôt se découpa, sur l'autre rive, la silhouette lointaine de la ville.

L'étendue urbaine l'impressionna. Trois-Rivières ne comptait pas encore de ces édifices en hauteur qui lui donnent l'allure d'une petite métropole, mais de nombreuses cheminées d'usine se dressaient çà et là dans le ciel où se profilaient aussi les clochers de plusieurs églises. La ville s'auréolait en plus d'un prestige rare, celui de figurer dans le manuel d'Histoire du Canada où Causapscal avait appris, l'année précédente, qu'elle avait été fondée en 1634, sur l'ordre de Champlain, par le Sieur de Laviolette.

Pour se rendre dans cette ville prodigieuse, il fallait traverser le fleuve à bord d'un bateau qui avait aux yeux de l'enfant l'allure d'un paquebot. Sur le pont du traversier, il s'émerveilla de la beauté du Saint-Laurent, dont le nom évoquerait à jamais chez lui l'impression de grandeur et la douce brise qui atténuait la chaleur excessive de cette journée de juillet.

Juillet... Causapscal reprit la lecture dans son journal.

Il causait depuis une heure déjà avec Blanche à la terrasse de l'auberge, dérouté par leur imprévisible rencontre, envoûté par le passé insaisissable qu'ils évoquaient. Dans le décor enchanteur de Percé, ils éprouvaient, elle et lui, la volupté qu'engendre la sensation d'être hors du temps.

Un goéland argenté vint se poser sur un piquet de clôture, tout près de la terrasse, et s'envola aussitôt dans un bruissement d'ailes. Des mouettes et des cormorans planaient au-dessus des caps et des fous de Bassan plongeaient dans les vagues. Les planches à voiles multicolores des vacanciers filaient sur les flots, mais le soleil déclinant derrière le mont Sainte-Anne n'éclaira plus bientôt que le rocher; lentement, l'ombre monta depuis le bas jusqu'au faîte de la superbe masse de pierre ocre, violacée, révélant les anfractuosités de la paroi gigantesque.

Comme toujours à Percé, même au cœur de l'été, la brise se rafraîchit. Ils entrèrent à l'auberge. Déjà, des gens s'installaient dans la salle à manger; Causapscal réserva une table.

En prenant l'apéritif devant le foyer du petit salon de l'auberge, Blanche raconta à Causapscal les circonstances qui avaient entouré son divorce et les difficultés que son mari lui avait faites. Elle lui expliqua les raisons qui l'avaient incitée à quitter finalement Trois-Rivières pour s'installer à Montréal, avec l'espoir sinon d'y refaire sa vie, du moins d'échapper au bavardage malveillant de son entourage.

Mais il vit surtout dans le regard de Blanche qu'elle l'aimait toujours, et il en fut flatté.

Qu'est-ce qu'on aime quand on aime?

Causapscal en est rendu à cette phrase dans son journal. La musique du *Requiem* s'arrête. Il enlève la cassette, la retourne et la replace dans l'appareil. Les chœurs, soutenus par l'orchestre, entonnent le *Domine Jesu Christe*. Envoûté par la musique, il songe aussi aux paroles de la prière: « Seigneur, Jésus-Christ, Roi de gloire, préservez les âmes de tous les fidèles défunts des peines de l'enfer et de l'abîme sans fond. Qu'elles ne tombent pas dans le lieu des ténèbres. »

En écoutant les divines harmonies de Mozart, il mesure la distance qui le sépare de l'époque où il servait la messe aux services funèbres. La pauvre chorale de Saint-Léonard-d'Aston, toute misérable qu'elle fût, n'en chantait pas moins les poésies éternelles de l'Office des morts, psaumes venus du fond des âges que des paysans à l'âme simple modulaient de leurs voix rudes. La gravité de ces hymnes, dont ils ne comprenaient qu'à moitié les paroles latines, s'accordait à celle de leurs vies. L'enfance de Causapscal s'était déroulée dans ce monde clos de la campagne québécoise, entre les accords grinçants du violon de son père et les chants grégoriens de la messe dominicale, des Vêpres et des services funèbres.

Il relit la phrase: *Qu'est-ce qu'on aime quand on aime?*

La salle à manger de l'auberge s'animait, remplie de ces touristes aisés ou snobs qui tentent de reproduire à Percé le climat social des lieux de villégiature pour gens riches ou célèbres. Au service de la radio d'État depuis vingt-cinq ans, Causapscal, quoiqu'il s'en défendît, n'échappait pas à l'infatuation qui règne dans les milieux médiatiques montréalais. Son travail de réalisateur d'émissions culturelles le mettait en rapport avec des journalistes, critiques, écrivains, chroniqueurs, hommes de lettres, universitaires, voire même politiciens intéressés par la chose artistique.

Désireux d'être invités à l'une ou l'autre de ses émissions, certains recherchaient, sinon son amitié, du moins sa compagnie. Les cartons d'invitation pleuvaient sur sa table de travail: lancements de livre, vernissages, premières au théâtre, concerts, etc.

Un écrivain à la mode, Aristide Landerneau, sachant que Causapscal logeait à l'auberge du *Pirate*, y venait prendre son repas du soir. On l'y voyait en compagnie de vedettes de la télévision en vacances ou de pseudo-intellectuels en mal de divagations sur l'état du monde. Landerneau allait publier à l'automne un nouveau roman fort attendu dans le petit cercle de fidèles qui l'encensaient. Les uns louaient son style à la fois alerte et sûr, les autres la profondeur de son inspiration. Tous admiraient la désinvolture avec laquelle il se tenait sous sa petite auréole de gloire.

La veille, Aristide avait invité Causapscal à souper et l'avait entretenu de son œuvre durant des heures, précisant qu'elle allait atteindre enfin, avec la publication de son nouveau roman *L'Exil du cœur*, les hauteurs auxquelles il aspirait. Son éditeur préparait une campagne

publicitaire jamais vue au Québec, et il mettait tout en
œuvre pour un éventuel passage de son poulain à la
célèbre émission *Apostrophes* de Bernard Pivot, à Paris.
Ce roman, affirmait l'écrivain, allait réconcilier les
intellectuels et les lecteurs de best-sellers.

À la fin du repas, Aristide acheva seul une deuxième
bouteille de Pissedru qu'il avait commandée. Puis il
divagua si laborieusement que Causapscal prit congé de
lui. Il ignorait que l'écrivain avait eu l'immense joie de
surprendre Blanche, la veille, sur la plage à Coin-du-
Banc, en train de lire son dernier roman, *La Femme
illusoire*. Mais les charmes d'Aristide n'avaient pas eu le
succès de sa prose: la belle liseuse, prétextant un rendez-
vous, avait quitté précipitamment la plage. Aussi, quand il
la vit attablée avec Causapscal, il ne résista pas à l'envie
de venir les saluer, après quoi il alla rejoindre une actrice,
future vedette d'un téléroman que Radio-Canada lui avait
commandé pour l'année suivante.

On entendait le *Concerto d'Aranjuez* dans les haut-
parleurs de l'auberge. La flamme vacillante d'une
chandelle sur la table dansait dans les yeux de Blanche.

Par quel miracle se retrouvait-elle en présence de son
grand amour de jeunesse, dans des circonstances qui
tenaient du scénario de cinéma populaire? Pendant que
Causapscal évoquait leurs promenades d'autrefois, le
long du fleuve, elle lui saisit affectueusement les mains.

Dans le cahier qu'il relit maintenant avidement,
Causapscal avait noté ce détail: *Puis, elle me prit les
mains*. Il se souvient que ce geste, l'ayant ému, avait
déclenché en lui le mécanisme du désir. Mais surtout,
alors qu'elle le couvait du regard, il avait succombé à la
pire des vanités: celle de se savoir aimé passionnément.

Ce simple mouvement de Blanche, à la table de la salle
à manger de l'auberge du *Pirate*, le 15 juillet 1979, allait
provoquer un tourbillon d'événements catastrophiques
dans la vie de Causapscal. Ce dernier avait déjà trompé sa

femme à quelques reprises, avec une secrétaire, avec une jeune comédienne aussi, légèrement nymphomane, qui le pourchassait de ses avances. Mais aucune de ces aventures d'un soir n'avait laissé de traces en lui, sinon de brefs regrets et un vague sentiment d'incomplétude. Causapscal aimait sa femme, Odile; ils vivaient en parfaite harmonie la vie du mariage. Ses quelques expériences extraconjugales n'avaient nullement troublé la quiétude de sa vie matrimoniale ni entamé la sérénité de son cœur. Mais la rencontre avec Blanche allait avoir des suites absolument imprévisibles dans sa vie.

La cassette du *Requiem* de Mozart est terminée. Causapscal la retire et glisse dans l'appareil un enregistrement des *Préludes* de Chopin joués par Louis Lortie. Puis, il se lève et se dirige vers la fenêtre qui donne sur les parterres de l'abbaye. La verdure rouillée de l'automne frémit sous la lumière pâle du soleil couchant. Il se revoit sur la plateforme du camion dans lequel il émigra à Trois-Rivières, au moment où le véhicule quittait le traversier pour s'engager dans la rue des Forges, la grande artère commerciale de la ville. À l'émerveillement qui l'avait saisi en traversant le fleuve succéda celui qu'il éprouva devant le paysage urbain: une rue large bordée par les façades ouvragées d'édifices en pierre collés les uns aux autres, percés de larges et hautes fenêtres aux étages. Ces immeubles impressionnants abritaient, au rez-de-chaussée, les grands magasins de l'époque: Woolworth, Lindsay Stores, Schulte, Zellers, Kresge, American Stores, des banques, ou encore des boutiques de toutes sortes.

En ce samedi du mois de juillet de 1940, la rue des Forges grouillait d'une activité que le petit Causapscal n'avait jamais vue et qu'il trouva à la fois affolante et enivrante.

L'agitation des promeneurs, leur allégresse apparente, les annonces rutilantes des grands magasins et les auvents colorés qui protégeaient leurs vitrines du soleil, les feux de circulation, le bruit strident des klaxons, tout l'étonna. Des enfants traversèrent la rue devant le camion avec une aisance qu'il leur envia; comment allait-il s'orienter dans une si grande ville?

Le véhicule dangereusement incliné sous le poids de sa cargaison se dirigea vers la rue Sainte-Geneviève où le père avait trouvé un minable logement, au rez-de-chaussée d'une maison de deux étages, à l'angle de la rue Niverville.

Ainsi commença une nouvelle étape dans la vie de Causapscal Beauséjour, qui devint ce jour-là citadin. Il n'avait quitté son village qu'une seule fois, pour une visite d'écoliers à la tour des Martyrs de Saint-Célestin, lieu de pèlerinage du diocèse de Nicolet où l'on vénérait d'innombrables reliques de saints. Le petit Causapscal fut déçu d'apprendre alors que son prénom ne figurait pas au martyrologe. L'endroit a été depuis la proie des flammes et l'on y a enlevé le chemin de la Croix aménagé dans les jardins, le long d'une allée au bout de laquelle se dressait une réplique baroque du tombeau du Christ, elle aussi démolie.

Le camion de Pit Lebœuf s'engagea dans l'étroite rue Sainte-Geneviève et s'arrêta devant une vieille bicoque.

– C'est ici, dit simplement Josaphat à sa femme, en lui désignant sa future demeure. Elle lui lança un regard résigné.

Une heure plus tard, l'ameublement rangé, elle sortit dans la minuscule arrière-cour où elle s'abandonna un moment à la tristesse.

Debout devant la fenêtre de sa cellule, Causapscal sourit en se rappelant les voisins curieux qui assistèrent au déchargement du camion, les enfants qui couraient autour du véhicule, la fillette qui, la première, lui adressa la parole et le petit garçon qui éclata de rire, quand il lui dit qu'il venait de la campagne. «Venez voir, cria ce dernier à ses amis, un habitant!»

Mais les enfants se lient facilement et bientôt le nouveau citadin explorait les environs, guidé par ses nouveaux camarades. Magie de l'enfance.

Causapscal revient s'asseoir à la table dans sa chambrette. Il jette un coup d'œil vers son cahier et lit:

Elle me tenait les mains, comme si elle eut voulu m'entraîner dans un monde dont je savais pourtant qu'il était aboli.

Nous abandonnons tous en chemin des rêves inaccessibles pour nous accommoder de l'ordinaire de la vie, mais une part de l'être humain reste à jamais inviolable qui vient de l'enfance, de l'adolescence et de la jeunesse, espace inachevé en nous, comme un tableau laissé en plan par l'artiste: il manque toujours ici un peu de vert, et là, un peu de bleu.

Et voilà que mille fragments des rêveries de la jeunesse de Causapscal Beauséjour avaient rendez-vous à Percé, haut lieu magique où s'égare et se retrouve, dans la démesure même de la beauté, l'infrangible unité de l'être.

Si les Québécois ont l'habitude des vastes espaces, la beauté harmonieuse ne leur est pas familière.

Ici, à Percé, l'espace n'est pas désertique comme presque partout au Québec, mais au contraire habité par la beauté de ce Rocher, sculpture incomparable, par l'île Bonaventure devant nos yeux émerveillés et par la côte escarpée, frangée de verdure.

Causapscal avait noté cela dans son cahier, durant la semaine de vacances qui bouleversa sa vie. Il se plaisait à croire que les choses auraient été bien différentes s'il avait rencontré Blanche à un coin de rue achalandé de Montréal: bousculés par la foule, appelés l'un et l'autre à quelque rendez-vous, ils auraient causé un peu, avant de poursuivre chacun son chemin. Mais leur rencontre inattendue devant les flots ensoleillés les plongea dans l'euphorie.

Après le repas, Blanche et Causapscal se dirigèrent vers le quai, où flânaient des promeneurs. Un voilier se balançait au milieu de barques de pêcheurs. Un feu rouge tenant lieu de phare clignotait dans le noir, et l'on devinait au large la masse sombre de l'île Bonaventure. La nuit luisait d'étoiles. Un vent frais venait du large.

Causapscal couvrit de son chandail les épaules de Blanche, et ils s'étreignirent doucement. Près de trente ans avaient passé depuis qu'elle s'était jetée dans ses bras, à la terrasse Turcotte, devant le fleuve; c'était la veille de son départ pour Montréal, où il allait entrer au service de Radio-Canada.

De toutes les jeunes filles qu'il avait fréquentées après avoir quitté le grand séminaire, Blanche avait été sa préférée, celle qui s'accordait le mieux à son goût de la conversation poético-philosophique, à son caractère grave, presque sévère; les autres se lassaient vite de ses propos intellectuels; Blanche, elle, non; elle l'aimait: on ne se lasse pas quand on aime. Pendant le repas, elle l'avait écouté avec la même ferveur qu'autrefois à Trois-Rivières, et il avait éprouvé à nouveau le délice de se perdre dans ses yeux aimants. Sur le quai, elle se mit à parler, à son tour, avec cette même vivacité mélodieuse dans la voix qui enchantait Causapscal. Mais qu'avait-elle dit? Comment se souviendrait-on des mots, quand l'émotion même qui étreint le cœur humain dans les moments les plus exaltants de la vie se dissipe avec le temps?

Blanche et Causapscal, dépassés par le caractère fortuit de leur rencontre, s'égaraient dans l'indéchiffrable de l'existence. À Percé, la Voie lactée aidant, ils succomberaient à l'irrésistible désir d'une plénitude qui leur semblait offerte par les étoiles mêmes.

Causapscal se vautre avec délectation dans le journal de ses tragiques amours, même s'il s'est fait le serment de le détruire à la fin de cette semaine de retraite. Sa réflexion le ramène parmi les méandres de son existence, jusqu'aux premières années de sa vie.

Un cousin de son père, Esdras Beauséjour, vicaire dans la paroisse de Sainte-Perpétue, montra de l'intérêt pour l'unique fils de Josaphat et veilla à ce qu'il entreprît un jour des études classiques au petit séminaire de Nicolet.

— J'assumerai le coût de sa pension, avait-il promis à Josaphat.

Sans être un surdoué, Causapscal montrait de belles aptitudes intellectuelles; enfant solitaire et peu sportif, il trouvait refuge dans l'étude. À la fin de chacune de ses cinq premières années à l'école du village, il rafla de nombreux prix, dont celui de bonne conduite. Ses jeunes années s'écoulèrent sans heurts et il s'en souvint toujours vaguement comme d'une sorte de nirvâna.

Quand l'abbé Beauséjour venait rendre visite à son cousin Josaphat, il ne manquait pas d'apporter à Causapscal des livres que ses parents n'auraient pas eu les moyens de lui procurer. D'ailleurs, où les auraient-ils achetés? Pas plus que dans les autres villages québécois, il n'y avait en ce temps-là ni librairie ni bibliothèque à Saint-Léonard-d'Aston.

Les livres de l'abbé s'ajoutaient à ceux que l'enfant recevait en prix de fin d'année et bientôt ils remplirent l'unique rayon d'une bibliothèque que son père lui avait fabriquée. Les titres de ces volumes allaient du *Petit Page de Frontenac* à la *Vie de saint François d'Assise*, mais cette littérature pieuse ou bon enfant n'en réjouissait pas moins le jeune Causapscal. À la fin de sa cinquième année, il avait relu plusieurs fois cette vingtaine de livres, surtout *Le Petit Page de Frontenac*, auquel il s'identifia avec joie, de même qu'un *Robin des Bois* illustré de gravures en couleurs qui le faisaient rêver.

Comme des milliers d'intelligences d'enfants québécois de ce temps-là, celle du petit Beauséjour pataugeait dans l'indigence culturelle, prisonnière d'un univers qui se limitait à la rue principale, à une petite école et à un couvent des sœurs de l'Assomption, à un presbytère et à une église, soumise à monsieur le curé et à son vicaire, seigneurs tout-puissants des lieux. Comment échapper à l'asphyxie de ce monde étroit et tissé serré?

Certes, de nos jours, l'enfant qui naît dans une famille où l'on n'écoute que la radio locale n'entendra jamais de belle musique à la maison, mais peut-être sera-t-il rescapé par le baladeur qu'on lui aura acheté, s'il syntonise par hasard un poste FM où l'on joue une symphonie de Beethoven, une sonate de Mozart, ou même le *Bolero* de Ravel, interprété par l'Orchestre symphonique de Montréal.

À Saint-Léonard-d'Aston, point de Mozart, ni de Beethoven, ni de Ravel. À l'école du village, les religieuses n'enseignaient que des cantiques aux enfants d'une chorale qu'elles avaient formée pour agrémenter les offices religieux et, chez les Beauséjour, on n'entendait que le violon grinçant de Josaphat. Aussi, le petit Causapscal assistait-il parfois, le dimanche, à une messe supplémentaire pour entendre la musique d'orgue, qui l'enchantait.

Après avoir soupé au réfectoire de l'hôtellerie de la Trappe, Causapscal, revenu à sa chambre, mit justement dans son appareil une cassette de musique jouée sur l'orgue de l'abbaye de Notre-Dame de Nazareth de Rougemont, par Hélène Panneton.

Face 1, première pièce: *Fantaisie en sol mineur*, de Jean-Sébastien Bach. Premier mouvement: *Très vivement.* Causapscal écoute. Il résiste à l'envie de se replonger dans les pages restées ouvertes de son cahier de notes.

Deuxième mouvement: *Grave.*

Une personne sensible née dans un village québécois en 1929 a connu toutes les gravités: celles du péché, de la peur, de la pauvreté et de l'ignorance, celle aussi de la joie et celle de la vie même, en ce temps-là chose grave et lourde à porter.

Les mots d'une chanson ancienne effleurent l'esprit de Causapscal: «Courbés sur les lourds mancherons, depuis Hébert nous labourons...» Tous les habitants du village et de la campagne environnante courbaient le dos. Dans le rang de l'île à Saint-Léonard, le grand-père Beauséjour marchait en se penchant si bas vers le sol qu'on l'eût dit prêt à lui abandonner sa vieille carcasse. Seul Josaphat, quand il jouait du violon, se tenait droit. Mais plus tard, à l'usine, il plierait lui aussi l'échine. En 1982, à l'âge de cinquante-trois ans, Causapscal demeurait l'héritier de ces générations d'hommes «courbés sur les lourds mancherons». La Révolution tranquille à laquelle il avait participé au début des années soixante et qui, en apparence, avait tout bouleversé, n'en avait pas pour autant changé cet héritage.

À dix heures, elle a dit simplement: j'ai froid, rentrons.

Si Causapscal se rappelle, en relisant ces mots, le ton langoureux de Blanche, il a du mal à se souvenir des sentiments qui l'habitaient durant le trajet qu'ils firent, en se tenant par la taille, du quai à l'auberge. Ils n'avaient convenu de rien pour la nuit à venir, mais les épanchement de Blanche et, surtout, ce mot «rentrons» laissaient entendre qu'elle désirait la passer avec lui.

Cela le réjouissait et l'effrayait à la fois. Faire l'amour à une étrangère ou avec une femme d'un soir n'engage que l'immédiat, mais Blanche le rejoignait dans la continuité de son existence, l'enveloppait jusque dans sa jeunesse et plus loin encore, jusqu'à l'enfance qui s'y rattachait. Ils s'étaient connus, alors qu'il venait de quitter le grand séminaire, à une époque où les Québécois obéissaient encore craintivement à une morale religieuse rigide qui a fait place depuis à une liberté débridée et à toutes les présomptions. Mais l'eût-il souhaité qu'il eût été incapable de s'abandonner à cette nouvelle licence; aussi l'idée d'un rapport sexuel avec l'ancienne jeune fille qu'il avait «respectée», comme on disait autrefois, le troublait-elle profondément; il craignait de ternir les souvenirs délicieux qu'ils avaient évoqués tout au long de cette journée, leurs longues promenades d'autrefois, au bord du fleuve ou sur les côteaux.

Et puis il y avait la réalité physique de leurs corps; ils n'avaient plus les vingt ans rayonnants de leur jeunesse trifluvienne et Causapscal restait un homme prude, quasi pudibond. Lorsqu'il était enfant, sa mère ne lui avait jamais donné son bain nu, et elle cachait soigneusement sur la corde à linge, sous les chemises du père, les soutiens-gorge de ses sœurs. Aussi la sexualité resta-t-elle pour lui, même parvenu à l'âge adulte, marié et père de trois enfants, une réalité mystérieuse, voilée, redoutable.

Dans la relation sexuelle, il se sentait inféodé stupidement à la femme s'il ne se tissait pas entre elle et lui un rapport qui transcendât le désir, le transformât, l'ennoblît.

Nulle pensée trouble n'encombrait l'esprit de Blanche. L'amour sied aux femmes sous toutes ses facettes; il reste leur domaine dans le don et dans l'abandon, dans le refus, dans la noblesse ou la mesquinerie, dans la pureté comme dans la perversion, dans le rêve comme dans la réalité. L'imprévisible rencontre avec Causapscal, les heures qu'elle vivait et la nuit à venir en sa compagnie, tout cela représentait simplement pour elle des joies légitimes.

Ah! comme elle l'avait aimé ce jeune homme qui parlait toujours le premier, disait légèrement les choses graves et gravement les choses légères. Elle avait voulu le suivre, quand il avait quitté Trois-Rivières pour venir s'établir à Montréal. Causapscal lui avait fait comprendre l'impossibilité de la chose. Un an plus tard, encouragée en cela par sa mère, elle épousait un jeune avocat trifluvien de bonne famille avec qui elle vécut plus de jours tristes que de jours heureux.

Juste avant d'entrer à l'auberge, Blanche posa sa tête sur l'épaule de Causapscal et dit doucement: «Nous nous aimions, n'est-ce pas?» Il évita de répondre. Certes, il avait eu pour elle toutes les tendresses, éprouvé une attirance étrange et une profonde affection, mais non ce sentiment mystérieux qu'on appelle l'amour.

Pour se donner bonne contenance, il voulut prendre un dernier verre au bar. Aristide Landerneau s'y trouvait, en compagnie de quelques amis et admirateurs. La vue du prodige littéraire et de sa cour réjouit Causapscal et calma son anxiété. Il se joignit au groupe avec Blanche, qui se montra gaie et spirituelle. Landerneau parla de son prochain roman, vanta les beautés de Percé, de Coin-du-Banc et de Cap-d'Espoir, les compara à celles de la Grèce qu'il avait visitée l'année précédente. Puis, le romancier et ses amis décidèrent d'aller faire la fête au *Pic de l'aurore*.

Dès qu'elle fut seule avec Causapscal, Blanche demanda : «Est-ce que ta chambre est à l'étage?» Il fit signe que oui.

Il était onze heures du soir.

Causapscal avait noté l'heure à laquelle ils étaient montés à sa chambre. En relisant cette précision, il revoit le carré de lune sur l'édredon qui recouvrait le lit. Blanche avait murmuré en entrant : «N'allume pas.» Puis elle s'était dirigée vers la fenêtre.

Silhouette, ombre, apparence, elle demanda à nouveau :
– N'est-ce pas que nous nous sommes aimés?
– Mais oui, bien sûr, murmura Causapscal.
Il pensa aux protestations de saint Pierre, à son reniement et au chant du coq. Il vint se placer derrière elle et aperçut à son tour la mer inondée de lumière lunaire. Alors, il perdit pied et fut emporté comme un noyé dans le tourbillon d'un remous.

Tout semblait irréel, chimérique.

Causapscal avait résumé ainsi, dans ses carnets, cette nuit dont il n'arriva jamais à épuiser le contenu, ni à trouver le sens. Il se retrouvait en compagnie d'une femme de quarante-huit ans qu'il avait connue toute jeune fille. Des souvenirs émergeaient en lui, pêle-mêle. Où donc se perd ce que nous avons été?

Causapscal remonta le courant, durant cette nuit, depuis la mer jusqu'au ruisseau, en passant par le fleuve et les rivières, et il s'enfonça profondément au cœur même de la vie, une femme lui tenant la main. Le clair de lune rayonnait beau et doux comme jadis sur les côteaux trifluviens et dans les champs de Saint-Léonard-d'Aston.

Je croyais être un personnage de roman...

Debout à la fenêtre mansardée de sa chambrette, Causapscal se souvient qu'il avait eu la sensation, ce soir-là, d'être un comédien incapable d'entrer dans la peau d'un personnage.

Tant qu'ils avaient évoqué ensemble des souvenirs, des noms de rues familières, des lieux qu'ils avaient connus, des personnes qu'ils avaient aimées, tout n'avait été qu'harmonie.

Parvenu à la chambre de l'auberge, Causapscal s'égara tel un acteur qui ne se souvient plus de son texte, ne sait même plus quel rôle il joue ni dans quelle pièce.

Les quelques fois où il avait partagé l'intimité d'une femme, la situation était claire et nette, banale aussi : il trompait Odile. Mais cette nuit-là, se dressèrent entre Blanche et lui le mystère du temps qui passe et le poids du temps passé. Tout s'embrouilla et il ne trompa personne d'autre que lui-même.

Après avoir songé un instant à trancher la pellicule de ce qui lui semblait une séquence cinématographique, il s'inséra dans le film, s'y insinua comme l'eau dans le sable et s'égara dans des sensations multiples ; l'écho de sa vie entière résonna en lui, alors même qu'il était prisonnier du moment présent.

Par la fenêtre ouverte, Blanche regardait toujours la mer opale sous les reflets de la lune. L'air salin embaumait la pièce et l'on entendait le bruit des vagues sur le rivage, tout près. Elle souhaitait que Causapscal parlât, comme il le faisait toujours, et s'inquiétait de son silence. Il se tenait maintenant si près d'elle qu'elle sentait son souffle dans son cou. Elle perçut un léger tremblement de ses mains, quand il les posa sur ses épaules ; alors elle se retourna et lui sourit avant de l'étreindre furieusement.

Le rapprochement de leurs corps engourdit les sentiments troubles de Causapscal et le désir succéda bien vite aux tergiversations de son moi. Blanche, ravie d'être encore désirable, s'offrit avec dévotion et échangea avec ardeur. Elle prit des initiatives qui surprirent Causapscal, et elle l'enveloppa dans une sensualité qu'il ne connaissait pas avec sa femme. Quand ils furent nus dans le lit, elle fit glisser sa longue chevelure sur son torse, en y déposant çà et là de furtifs baisers. (Il songea à Marie-Madeleine, la pécheresse, essuyant les pieds du Christ avec ses cheveux.) Puis, les genoux posés de chaque côté de lui, elle se redressa et se mit à fredonner la chanson *Après un rêve*, de Fauré. Elle s'arrêta après la phrase: «Tu m'appelais, et je quittais la terre». «Ah! l'indicible ...», murmura-t-elle ensuite, la tête renversée sous la lueur du clair de lune. Sa peau avait la blancheur d'un spectre.

Causapscal ferma les yeux. Son esprit éclatait comme un feu d'artifices en mille pensées fugitives, et il subit les caresses de Blanche autant qu'il s'y abandonna.

Homme d'une autre époque, presque d'un autre âge, il éprouvait du remords et de la honte même au cœur du plaisir, peut-être jamais autant qu'en ces instants-là. Son romantisme puéril lui interdisait la jouissance sereine du moment présent, s'il ne s'y mêlait pas une aspiration vers l'infini, ou s'il ne s'y rattachait pas l'accomplissement de quelque devoir.

Alors qu'elle le couvrait de baisers, seuls les souvenirs émouvants de leur jeunesse enfuie, emmêlés au plaisir des sens, lui rendirent tolérables les assauts amoureux de Blanche.

La frénésie de ses élans me laissa pantelant.

Causapscal referme le cahier. Il est minuit. La radio diffuse les «Pensées de la nuit». Il y est question de vanité. Sans éteindre la lampe, il s'étend sur le lit, tout habillé. Il s'endormira en écoutant des lieder de Schubert.

LE DEUXIÈME JOUR

À six heures du matin, Causapscal entendit la pluie douce chantonner sur le toit de l'abbaye. Engourdi de sommeil, il fit une toilette sommaire, changea de vêtements et se dirigea vers la chapelle du monastère où les moines commençaient l'office des Laudes. La pluie s'intensifia et battit les vitres des grandes fenêtres de style roman, ouvragées et surmontées de petits blasons portant la fleur de lys. La pénombre atténuait la blancheur de la voûte de la chapelle et lui donnait un ton blafard, quasi lugubre. Une quarantaine de religieux occupaient les stalles du chœur, dans la pause recueillie qu'on leur voit sur d'anciennes gravures.

Causapscal, que ses années de collège et les quelques mois de grand séminaire avaient pourtant familiarisé avec les offices religieux, entendait pour la première fois psalmodier en français, innovation du deuxième concile du Vatican. Enfant, il avait dû peiner pour mémoriser les prières liturgiques en latin afin de devenir servant de messe. Cette langue avait été en quelque sorte sa seconde langue maternelle, plus harmonieuse et plus riche que la première qu'il avait appris à baragouiner parmi les villageois et les paysans des années trente. Autant Causapscal demeure profondément attaché à la culture populaire qui a nourri son imaginaire, sa vie d'enfant et d'adolescent, autant il déplore l'inculture générale du milieu dans lequel il est né et a grandi.

Debout dans une stalle, un jeune moine souffle discrètement dans un diapason entre chaque psaume pour donner la tonalité à la communauté. Les voix douces des trappistes se fondent à l'unisson dans un humble anonymat. Elles murmurent plus qu'elles ne chantent. Causapscal se laisse bercer par l'harmonie apaisante de ces mélopées, écho de la répétition monotone et soporifique des *Je vous salue, Marie* que marmonnait son père, accroupi devant une chaise, au bout du poêle, pour la récitation du chapelet en famille.

Causapscal se souvient aussi des matins d'hiver où il servait la messe du curé Lavigne, vieillard énergique qui débitait les prières au bas de l'autel à une vitesse vertigineuse et arrachait à son servant les burettes que ce dernier s'apprêtait à lui tendre. Il sourit intérieurement à cette évocation. Puis, la tristesse l'envahit. Son visage se crispe. Il voudrait prier, comme ces moines, avoir leur âme en apparence tranquille, mais il ne peut soustraire son cœur à la torture mélancolique qui le ronge encore.

Causapscal quitte la chapelle, se rend au réfectoire des pensionnaires où il prépare un café qu'il apporte à sa chambre. Le cahier de notes repose sur la table de travail.

Quand je m'éveillai, Blanche semblait dormir profondément, son bras droit posé sur moi. Pourtant, quand je voulus me lever, elle murmura qu'elle avait fait de beaux rêves.

Causapscal avait toujours quitté avec empressement les femmes d'un soir, croyant marquer par sa fuite le caractère accidentel de ces rencontres, à moitié honteux d'avoir succombé au désir, sous prétexte d'expériences révélatrices.

La veille, le courant les avait ramenés, Blanche et lui, jusqu'à leurs vingt ans; mais c'est au matin que l'on sait si l'on aime vraiment, quand les draps défaits et fripés exhalent la chaleur fiévreuse de l'autre et qu'aucun maquillage n'embellit plus le prosaïque.

Causapscal fut soulagé de constater qu'il n'aimait pas Blanche, et il mit sur le compte de leur ancienne jeunesse un péché qu'il commettait à cinquante ans. Un péché, car il était resté croyant, empêtré surtout dans une éducation puritaine que sa sensibilité avait absorbée comme un poison. Habitué à s'enfuir aussitôt après la faute pour aller battre sa coulpe en secret, il se sentit gêné par la présence de Blanche à ses côtés.

La journée s'annonçait aussi belle que la veille. L'air frais du matin n'empêcha pas Blanche de se précipiter hors du lit et d'aller ouvrir toute grande la fenêtre entrebâillée. La lumière du soleil levant enflamma sa chevelure rousse. «Ah! que la mer est belle!» s'exclama-t-elle en s'étirant vigoureusement. Puis, elle se mit à tracer le programme de la journée: ils iraient d'abord à l'Anse-à-Beaufils; elle trouverait des agates qu'elle ferait polir en souvenir de ces retrouvailles inespérées; ils dîneraient dans un petit restaurant à Cap-d'Espoir d'où l'on a une vue superbe non seulement sur la mer mais aussi sur la côte percéenne. L'après-midi, ils iraient à Coin-du-Banc.

Blanche exposa son plan avec tant de jovialité et d'enthousiasme que Causapscal en fut décontenancé. Après un temps de silence, elle se tourna vers lui et demanda ingénument: «Tu veux bien?...» Il reconnut le ton légèrement suppliant qu'elle employait autrefois pour lui demander de prolonger leurs promenades le long du fleuve.

Il dit oui.

Je me sentais comme un petit enfant qui dit oui à sa mère.

Causapscal avait écrit cela dans son cahier de notes.

Sa mère... Et il revoit les cerceaux à repriser, le dé à coudre, la planche à laver, les broches à tricoter, le tablier avec lequel elle s'essuyait machinalement les mains, le rouleau à pâte, les tartes aux pommes et aux raisins. Lui vient dans la bouche le goût des galettes à la mélasse dont elle avait le secret, celles qu'on donnait au quêteux quand il venait frapper à la porte, à Saint-Léonard, et demander «la charité pour l'amour du Bon Dieu». Le pauvre les déposait cérémonieusement dans sa besace, comme s'il se fût agi d'un trésor.

Sa mère... Elle fredonnait souvent, en repassant ou en tricotant, un tango argentin qu'elle avait entendu à la radio. Exagérément pudique et scrupuleuse, elle ne l'avait pourtant pas privé d'affection, l'avait souvent bercé en lui chantant *Entre le bœuf et l'âne gris* ou *La Poulette grise* et autres cantilènes.

Causapscal se rappelle la tristesse qu'elle avait manifestée durant les premiers mois, à Trois-Rivières. En fin d'après-midi, quand il rentrait de l'école, il la trouvait parfois songeuse à la fenêtre de la cuisine qui donnait sur l'arrière-cour où poussait un chétif érable.

Sa mère... Morte depuis quinze ans déjà. Elle était plus que rondelette, avec des mains potelées, déformées par les travaux ménagers, et un visage grassouillet qu'il ne lui vit jamais maquillé. Est-ce à cause de cela que la mère d'un de ses copains, au village, le fascinait? Elle avait trente ans à peine. Svelte et rayonnante, elle embellissait de rouge ses lèvres pulpeuses. Il enviait son ami de pouvoir se blottir dans les bras d'une femme qui éveillait en lui, secret inavouable, des sentiments troubles et les premiers désirs amoureux, aussitôt refoulés.

Ce jour-là, sur la plage de l'Anse-à-Beaufils, Causapscal ne s'abandonna pas davantage que dans l'enfance. Un sentiment de culpabilité lui glaçait le cœur et accentuait son incapacité d'être heureux, même une heure, avec une autre femme qu'Odile. Hier, l'émoi soulevé en lui par le caractère miraculeux de sa rencontre avec Blanche avait anéanti toute réserve, et le vin qu'ils avaient bu, toute inhibition. Mais aujourd'hui, depuis son réveil dans les draps où elle dormait nue, tout l'indisposait, hormis le plaisir d'évoquer à nouveau des souvenirs de jeunesse.

Blanche, au contraire, semblait se fondre dans la vie, le soleil, le ciel bleu, les vagues qui lui léchaient les jambes jusqu'aux genoux. Soudain, elle exulta: «Ah! que de bonheur en si peu de temps!» Puis elle ajouta d'une voix triste: «Et qui ne durera pas...»

Causapscal, la suivant à distance, lançait sur l'eau des cailloux plats ou s'attardait à considérer la beauté de ceux qu'il ramassait dans l'eau, multiformes et multicolores, polis par les millénaires. Un chien errait sur la plage autour de troncs d'arbres calcinés, restes d'un feu de grève.

— J'en ai une, s'écria Blanche, j'en ai une!

— Une quoi? demanda évasivement Causapscal.

— Mais une agate, voyons! s'exclama-t-elle à nouveau en courant vers lui, triomphante.

C'était une pierre d'un bel ocre rosé, transparente et magnifiquement striée.

— Regarde, dit-elle en montrant sa précieuse trouvaille comme on exhibe un trophée.

— Elle est très belle, en effet.

— Je la ferai polir.

Ils allèrent ensuite flâner sur le quai du petit port de pêche, où régnait une grande activité, puis ils firent route vers Cap-d'Espoir, à quelques kilomètres.

Malheureusement, le charmant restaurant que Blanche voulait faire connaître à Causapscal avait fermé ses portes et ils durent se contenter d'un casse-croûte, sur le bord de la route.

Mais il y avait la mer, comme partout en Gaspésie.

Après s'être arrêtés un moment à l'*Hôtel Bleu-Blanc-Rouge*, où logeait Blanche, ils se rendirent à Coin-du-Banc. L'interminable banc de sable était presque désert. Le vent du large les y accueillit, bienfaisant, vivifiant. La mer, bleue au loin, se changeait près du rivage en un vert émeraude. Ils s'étendirent côte à côte sur la plage chaude et rocailleuse. Causapscal fut soudainement libéré du malaise qui le tenaillait depuis le matin.

— Petite, dit Blanche, je m'allongeais ainsi par terre et je regardais passer les nuages.

— Il n'y en a pas, aujourd'hui.

— Heureusement, s'empressa-t-elle d'ajouter.

Au bout d'une heure, elle suggéra de se rendre jusqu'à Saint-Georges-de-la-Malbaie, d'où l'on aperçoit le rocher Percé, l'île Bonaventure et la côte escarpée, véritable dentelle de pierre bleutée dans le lointain.

Causapscal stationna l'auto devant une minuscule église anglicane dominant la mer.

Entourée d'arbres et de verdure, peinte en blanc, la chapelle ressemblait aux nombreux temples protestants que l'on voit dans la péninsule gaspésienne, colonisée par des Anglo-Saxons.

— Je connais un très bel endroit, tout près d'ici, dit Blanche.

Ils traversèrent un champ couvert de marguerites et parsemé de salicaires mauves, descendirent un chemin creux et aboutirent dans une infime baie sablonneuse d'à peine trente mètres de largeur sur dix de profondeur.

— J'ai découvert cet endroit l'an dernier, dit Blanche.

— Avec qui? demanda Causapscal, tout en se reprochant de poser une question qu'il savait mesquine.

— Avec ma fille, Neige, répondit Blanche, sans sourciller. Elle voyait le Rocher pour la première fois. Nous avons couru toutes les deux dans les champs et nous nous sommes retrouvées ici, à bout de souffle. Elle rêve d'y revenir à la première occasion. Elle ne pouvait pas cette année, elle est retenue par un emploi d'été à Trois-Rivières.

— À Trois-Rivières?...

— Mais oui. Je t'ai dit hier qu'elle y faisait des études de musique au Conservatoire.

— Quel âge a-t-elle?

— Vingt-trois ans.

– Elle te ressemble?

– Physiquement, non. Elle ressemble à son père.

– Et autrement?

– Elle ne ressemble à personne.

Au loin se profilait le rocher Percé, silhouette sublime dans la lumière vibrante de cet après-midi de juillet. Le 16 juillet. Blanche invita Causapscal à venir s'asseoir près d'elle sur la pierre chauffée par le soleil, dans une anfractuosité.

– Est-ce bien vrai que nous sommes ensemble, ici, à cette heure? dit-elle. Puis, elle se mit à extravaguer.

Causapscal la suivit dans son doux délire. Quelque chose se produisit qui semblait en dehors d'eux, dans le bleu du ciel et le vert des flots, dans le vent qui caressait leurs corps, dans les marguerites qu'ils avaient cueillies chemin faisant, dans l'invraisemblance de leur rencontre sur le quai à Percé, dans les vagues qui venaient rouler à leurs pieds.

La lumière magicienne transfigurait toutes choses.

– Je vais me baigner! s'exclama soudain Blanche, qui avait pris soin d'enfiler son maillot de bain sous ses vêtements. Elle enleva son chemisier, détacha sa jupe, la laissa glisser à ses pieds, puis elle s'élança vers les vagues.

Causapscal ne l'avait vue qu'une fois en maillot de bain, dans leur jeunesse. C'était à la Pointe-du-Lac, non loin de Trois-Rivières, où se trouvait le chalet de la famille de Blanche. Ils y étaient allés se baigner avec des amis, au cours de l'été qui avait précédé le départ de Causapscal pour Montréal. Elle avait tout tenté, ce jour-là, pour qu'il l'emmenât avec lui, mais elle s'était offerte avec une insistance qui l'avait effrayé. Les hommes ne s'abandonnent pas totalement dans l'amour, car il ne représente pas leur ultime victoire; même au cœur de l'orage qui les secoue parfois, au milieu de la passion qui les tient, ils pressentent l'ironie dérisoire de leur situation et savent bien qu'ils ne sont pas alors conquérants, mais conquis.

Blanche sortit de l'eau, ruisselante sous le soleil. On eût dit le ralenti d'une image cinématographique. Sa chevelure mouillée, devenue plus sombre, accentuait la blancheur mate de sa peau finement pigmentée. Elle ressemblait tout à fait encore à la jeune Trifluvienne, témoin des enthousiasmes du Causapscal de naguère, même si le caractère juvénile du visage avait disparu.

La liberté que Blanche lui avait offerte à l'été de 1952, sur les bords du lac Saint-Pierre, il se la permettait depuis hier avec elle. Alors qu'elle émergeait des vagues comme une naïade, il se laissa séduire par le charme du temps, et elle devint la première splendeur des ténèbres dans lesquelles il allait s'enfoncer à la poursuite d'une fuyante lumière.

Seuls quelques-uns des instants successifs de nos vies échappent à la confusion dans laquelle ils survivent en nous. Dans sa chambre de la Trappe, Causapscal revoit pourtant avec une précision photographique l'image de Blanche surgissant de l'eau, le blanc de son visage, le châtain roux de ses cheveux, l'ocre aussi de la pierre dans la cavité où elle vint le rejoindre. Elle étendit par terre une couverture qu'elle avait apportée de son hôtel, s'assit près de lui et passa une main encore toute trempée sur son visage.

– Tu es folle, dit-il gentiment.

– Bien plus que tu ne le crois, ajouta-t-elle.

Puis, elle se pencha sur lui, approcha sa bouche et déposa sur ses lèvres un goût de sel, tout en chuchotant des mots incompréhensibles. Il chavira à nouveau et se laissa fondre dans le décor enchanteur où elle l'aima avec lenteur et impudeur, l'enveloppant dans l'arôme salin dont la mer avait parfumé son corps, encore moite de sa baignade.

La sonnerie de l'office de Sexte se fait entendre dans l'abbaye. Causapscal quitte ses réminiscences et se dirige vers la chapelle, mais sans conviction. Il n'est pas encore disposé à recouvrir ses blessures du baume qu'il est venu chercher au monastère. La pire d'entre elles, l'amour-propre estropié, l'oppose encore à une véritable réconciliation avec Dieu. C'est pour cela qu'il ne sollicitera pas, ce jour-là, de rencontre avec un moine.

Un nouveau pensionnaire, homme dans la quarantaine, vient s'asseoir à ses côtés. Les trappistes chantent les louanges du Seigneur. Causapscal entend les paroles du Psaume 123 :

> *Alors le flot passait sur nous*
> *le torrent nous submergeait*
> *alors nous étions submergés*
> *par les flots en furie.*

Il revoit Blanche, capiteuse, plongeant dans la baie secrète non loin de Percé, et il s'empresse de quitter la chapelle.

Plutôt que de retourner à sa chambre, Causapscal choisit de sortir. La pluie avait cessé, mais le pavé restait mouillé et, sous le ciel nuageux, la parure multicolore des arbres, hier rutilante, formait des masses sombres aux teintes à peine nuancées. Il décida d'aller dîner dans un restaurant à Deux-Montagnes.

Chemin faisant, il vit des écoliers rentrant à la maison pour le repas du midi. Il sourit de les voir gambader. Ses souvenirs d'enfant le ramenèrent à Trois-Rivières.

Le premier été trifluvien de Causapscal se déroula sous le signe de l'enchantement. Il apprit à découvrir, à arpenter en tous sens et à aimer les rues de son quartier. Un jour, des copains l'entraînèrent même jusqu'au terrain de l'Exposition où se produisait un cirque. Des affiches géantes de dompteurs de lions et d'acrobates couvraient les murs de certains édifices de la rue des Forges ;. Causapscal n'avait pas pu assister à leurs prouesses, faute d'argent pour payer le prix d'admission sous le grand chapiteau, mais il avait circulé dans la foule joyeuse et entendu la musique d'un joueur d'orgue de Barbarie, les cris et les rires de la foule. Les chevaux de bois d'un énorme manège l'avaient émerveillé.

En septembre, cette année-là, il entra en sixième année.

C'est à cette époque de sa vie que pensait Causapscal en revenant à la Trappe, après le dîner.

Mais aussitôt entré dans sa chambre, il se replongea dans la lecture de son cahier de notes. Le ciel s'était dégagé quelque peu et une lumière tiède emplissait la pièce.

Je compris en revenant à l'auberge avec Blanche que je ne lui échapperais qu'en quittant Percé.

La décision qu'il prit de rentrer à Montréal, le lendemain, entretint Causapscal dans l'illusion qu'on se fait dans la fuite; convaincu qu'il ne tiendrait pas la promesse qu'il avait faite à Blanche de lui téléphoner, il eut pourtant bien du mal à chasser son image. Elle avait montré, la deuxième nuit, une retenue, presque une pudeur qui l'avaient intrigué.

Parti très tôt le matin de Percé, Causapscal longeait à l'heure du midi la rivière Matapédia et entrait bientôt dans le village de son prénom. Il s'y arrêta pour déjeuner. À un kiosque de renseignements touristiques, il acheta un petit livre intitulé *Un site enchanteur de la vallée de la Matapédia: Causapscal.* Il s'agissait d'une monographie écrite en 1929 par un prêtre de la région. Assis au comptoir d'un café, il commença la lecture de l'ouvrage publié l'année de sa naissance et, dès la première page, il fut plongé dans le brouillard de la religiosité québécoise de son enfance.

La préface d'un notaire, ami de l'auteur, se terminait ainsi:

D'un commun accord, les préposés à la direction spirituelle de notre province ont déploré l'envahissement de nos campagnes par l'américanisme menaçant d'endiguer dans sa course effrénée les traditions religieuses qui ont fait la force expansive du Canadien français. Aux frontières qui séparent le passé de l'avenir, l'auteur aura placé le jalon du sentiment religieux qui a animé tous les preux conquérants du sol canadien et qui a été la source de leur énergie exubérante, et loin duquel il n'aurait pu que dégénérer en se déshonorant. Celui qui fait aimer les champs fait aimer la vertu, a dit le poète.

Causapscal découvrit tout de même, en lisant la pieuse monographie, que son prénom venait d'un mot indien micmac décrivant l'endroit où se rejoignent les rivières Matapédia et Causapscal, *Goesopsgiag,* qui signifie: « Pointe caillouteuse. » Il apprit aussi que la Vallée ne souffre jamais de sécheresse, parce qu'elle bénéficie, chaque nuit, d'une rosée bienfaisante pour le sol. Mais il n'y lut aucune description qui rendît justice aux beautés de la région.

Tout autour du village s'élèvent des collines harmonieuses, certaines déboisées jusqu'à leur sommet que couronne un bosquet. Des routes sinueuses grimpent aux flancs de ces douces montagnes où surgissent, çà et là, des maisons et des bâtiments de ferme.

Au fur et à mesure qu'on s'élève par ces chemins, le paysage tangue aux alentours et, de là-haut, on voit la vallée entière, symphonie de verdure, dérouler sous nos yeux émerveillés les forêts et les champs, les bosquets et les ruisseaux, les lits des rivières dans l'ombre au creux des collines, et, tout en bas, le village entourant l'église bâtie sur une petite élévation.

Les vallonnements se succèdent ainsi, harmonieusement, jusqu'au fleuve que l'on aperçoit des hauteurs de Mont-Joli.

Élevé dans la morne plaine de Saint-Léonard-d'Aston, Causapscal ne se lassa jamais du relief sans cesse renouvelé de cette vallée qu'il traversa toujours avec ravissement. Il aurait aimé y avoir vécu son enfance et avoir développé pour ce coin du Québec l'attachement affectif qui le lie à son village natal. Ce dernier n'offre à la vue aucune des somptuosités qui l'enchantent dans la vallée, mais Causapscal se souvient avec nostalgie des méandres du ravin creusé par le ruisseau qui se jette dans la rivière Nicolet, du sentier qui passe sous le vieux pont du chemin de fer, derrière l'église dont il revoit la façade de briques rouges encadrée des deux clochers en saillie, au bout de la rue principale, et il entend avec nostalgie les trois cloches sonnant les notes *sol-la-si*, du plus léger tintement aux plus graves sonorités, le cri aussi des locomotives.

Il y avait autrefois une importante circulation ferroviaire à Saint-Léonard-d'Aston, jonction du chemin de fer du Canadien National vers Nicolet, vers le fleuve. La gare s'animait du va-et-vient des voyageurs. Les membres des nombreuses institutions religieuses de Nicolet, prêtres, frères, sœurs, séminaristes aussi, ou Monseigneur l'évêque lui-même, devaient y attendre le train qui les emmènerait à destination, vers Québec ou vers Montréal.

Durant les années de la crise économique, de nombreux chômeurs, voyageant illégalement sur le toit des trains comme dans les westerns, débarquaient dans le village, sans le sou. La municipalité versait 25 cents par personne à Josaphat Beauséjour pour leur hébergement. Ils logeaient dans un hangar aménagé à cette fin derrière la maison. Causapscal se souvient surtout de l'un d'entre eux à qui son père accordait parfois la permission de s'installer, durant la soirée, dans la chaise de barbier. L'étranger y passait des heures, plongé dans des livres qu'il sortait d'un sac de toile kaki.

Un soir qu'il ne revit pas le chômeur à sa place habituelle, Causapscal apprit « qu'il avait *jumpé* pour prendre le bord des États ». Les enfants connaissaient par cœur la chanson de ces bohémiens de la grande crise, qui commençait ainsi:

Quand on part pour un long voyage
Il ne faut pas apporter trop de bagages
Il ne faut pas avoir peur de jumper les tender
Sur un train de quarante-cinq milles à l'heure…

Durant la Deuxième Guerre mondiale, époque de rationnement, le village de Saint-Léonard bourdonnait d'une grande activité; on y venait d'aussi loin que Montréal échanger, à la fromagerie, des coupons d'essence contre des coupons de beurre. C'est là que le jeune Beauséjour vit ses premiers Montréalais, personnages souvent fantasques ou excentriques, qui s'amenaient dans de grosses cylindrées, pestant contre les chemins de terre qui avaient empoussiéré leur voiture rutilante.

Les souvenirs d'enfance de Causapscal s'emmêlent à ceux de sa rencontre avec Blanche Lanoie, premier des deux événements qui allaient le conduire à une crise existentielle dont il cherche désespérément à guérir.

Déjà, adolescent, il tolérait difficilement les soubresauts de la vie. Il eût voulu rester enfant. À l'âge de la puberté, l'arrivée des pulsions sexuelles le troubla d'autant plus qu'il leur résista difficilement. Il terminait son école primaire, à Trois-Rivières, et le cousin de son père, devenu curé de la paroisse de Saint-Grégoire, faisait miroiter à ses yeux la grandeur de la vocation sacerdotale. Le curé Beauséjour s'engagea à assumer le coût de ses études au séminaire de Nicolet.

– C'est sûr que moi, j'en aurais pas les moyens, avait dit Josaphat, tout heureux que son fils pût entreprendre son cours classique.

C'est ainsi qu'au début de septembre 1942, Causapscal monta dans la voiture du curé Beauséjour et prit la route de la ville épiscopale de Nicolet. L'idée d'être pensionnaire ne lui déplaisait pas, et c'est avec joie qu'il traversa à nouveau le fleuve, sur le bateau qui l'avait amené à Trois-Rivières deux ans plus tôt.

Quand l'auto s'engagea dans l'avenue du séminaire, il aperçut avec ravissement l'imposante façade du vieil édifice de pierres grises, dominé par le clocher de la chapelle, à l'arrière, et flanqué des deux ailes qui prolongent le bâtiment. Il aima tout de suite ce lieu où il allait passer les huit prochaines années de sa vie. À partir de ce jour, l'adolescent, qui avait baigné jusque-là dans une sorte d'indifférence aux événements et aux choses de la vie, s'intéressera passionnément au déroulement de sa propre existence et en gardera des souvenirs précis.

Le curé Beauséjour le présenta au supérieur, qui le confia à un ancien. Ce dernier entraîna le nouveau venu au dortoir des petits, où ils montèrent sa malle. Il l'amena ensuite chez le préfet des études, qui lui remit des manuels scolaires et le costume de séminariste, redingote que la plupart des étudiants abhorraient. Il s'agissait d'une tunique ajustée que les élèves devaient porter pardessus leurs vêtements (et qu'ils appelaient dérisoirement «chienne»).

Taillé dans de la serge noire, orné de nervures blanches aux coutures, l'uniforme était agrémenté d'un ceinturon vert que l'on portait à la manière d'une ceinture fléchée.

Le Séminaire de Nicolet, une des plus anciennes institutions au pays, a fermé ses portes après la refonte du système d'enseignement au Québec, en 1960. Fondé en 1803 par Monseigneur J.-Octave Plessis, douzième évêque de Québec, il devint vite un établissement renommé. Le collège accueillait d'abord les enfants du diocèse, mais on y venait même des États de la Nouvelle-Angleterre recevoir l'enseignement d'une trentaine de prêtres. Agrandi et restauré à plusieurs reprises, le bâtiment, de style militaire français du XVIIIe siècle, avait aux yeux de l'adolescent des allures moyenâgeuses.

Causapscal se sentit vite chez lui dans ces larges et interminables corridors éclairés de larges fenêtres, ornés de boiseries de pin, à hauteur d'homme, et dont les vieux planchers de bois craquaient sous chaque pas. Dans les salles de classe, on voyait encore la tablette d'énormes foyers de cheminée, datant d'avant l'époque du chauffage central. Sous les combles, les dortoirs conservaient leur aspect ancien. Enfin, des traditions surannées persistaient dans ce séminaire et teintaient la vie quotidienne d'un antique parfum.

La nouvelle chapelle du collège, érigée à l'occasion du centenaire, en 1903, n'était que dorures, fioritures, colonnades soutenant les balcons qui la ceinturaient et au-dessous desquels s'étendait, autour de la nef, un

déambulatoire. Quand les trois cents élèves s'y retrouvèrent le premier soir pour la récitation de la prière,
Causapscal fut littéralement envoûté par le charme vieillot
des lieux, par la musique des grandes orgues et le chœur
de toute l'assistance chantant un cantique à la Vierge
Marie. Les voix de soprano des plus jeunes, agiles et
claires, dominaient celles des prêtres et des collégiens
plus âgés; leur unisson allait du plus grave au plus aigu
en une harmonie fascinante, comme si tous les âges de la
vie se confondaient dans ce chant du soir.

«Tous les âges de la vie...», murmure Causapscal. En
apparence homme heureux et sans histoire, il éprouve un
sentiment de vide semblable à celui que laisse la mort
autour d'elle, et il s'en va sans joie vers la soixantaine.
Est-ce pour cela qu'il se tourne vers des souvenirs égarés
dans le chaos des premières sensations de l'existence?
La famille, la parenté, le village ont longtemps formé,
au Québec, une enceinte comparable à celle des châ-
teaux forts médiévaux. Ce repliement, en même temps
qu'il protégeait les Québécois du monde extérieur, les
entretenait dans la paralysie et le contentement. Si les
collèges favorisaient l'accès à une culture générale et un
certain éveil des intelligences, ils reflétaient cependant
l'immobilisme de la société. Malgré tout, le passage des
études élémentaires au cours classique n'en constituait
pas moins un énorme bond en avant pour des adolescents curieux, issus pour la plupart de milieux populaires
où les préoccupations intellectuelles devaient le céder à
celle de la survie, du gagne-pain «à la sueur de son front».
Dès les premières semaines, Causapscal plongea avec
avidité dans ses manuels. L'histoire de l'antiquité, de
l'Égypte et de la Grèce, de Rome aussi à travers l'étude du
latin, le passionna. Bien vite, les déclinaisons n'eurent
plus de secret pour lui, et il débitait les nominatif, vocatif,
génitif, datif, ablatif et accusatif avec une assurance qui
réjouissait son professeur.

« Rosa - Rosà - Rosae - Rosae - Rosà - Rosam »
La première déclinaison latine revint machinalement à l'esprit de Causapscal, tandis qu'il se rendait à la chapelle pour les Vêpres. Chemin faisant, il échangea quelques mots avec un moine âgé, à la démarche incertaine. La loi du silence perpétuel a été abolie, chez les trappistes, en même temps que d'autres coutumes vieilles de plusieurs siècles.

Les Vêpres se terminèrent par l'invocation suivante:
Que le Christ Jésus nous donne de ne rien préférer à son amour.

Causapscal soupa avec les moines et resta à causer quelques instants avec un homme dans la trentaine, arrivé le jour même à l'hôtellerie de l'abbaye. Sa femme l'avait quitté quelques mois plus tôt, avec leurs deux enfants, et il se remettait difficilement d'une grave dépression nerveuse.

Rentré à sa chambre, Causapscal alluma la radio. Il entendit la fin de l'enregistrement de *La Vie antérieure*, poème de Baudelaire mis en musique par Henri Duparc. Nan Merriman chantait:

... Au milieu de l'azur, des vagues, des splendeurs,
Et des esclaves nus tout imprégnés d'odeurs
Qui me rafraîchissaient le front avec des palmes,
Et dont l'unique soin était d'approfondir
Le secret douloureux qui me faisait languir.

Le secret douloureux... Les pires tourments sont intérieurs et la véritable histoire de nos vies se déroule dans le secret des âmes et des cœurs; là s'écrivent les pages du roman que nul lecteur jamais ne lira et défilent les images de notre ciné-moi. Personne dans l'entourage de Causapscal ne sut jamais les affres qui l'avaient tourmenté et dont il venait chercher, à Oka, l'apaisement.

Durant le premier mois qui suivit son retour de vacances, à Percé, Causapscal put croire qu'il avait oublié Blanche Lanoie. Il préparait, avec ses collaborateurs, sa nouvelle émission radiophonique d'automne.

Un jour du mois d'août, Aristide Landerneau vint s'asseoir à sa table, à la cafétéria de Radio-Canada. Après s'être assuré de sa présence au lancement prochain de son nouveau roman, l'écrivain demanda à Causapscal : « Et alors, le bel ange de Percé, tu l'as revu ? » Ce dernier répondit évasivement, mais l'image de Blanche sortant ruisselante de la mer le hanta à nouveau, mêlée à des souvenirs de jeunesse ; la silhouette aussi d'un corps de femme blême, fantomatique dans le clair de lune. Il lui téléphona en fin d'après-midi. Le soir même, il soupait avec elle dans un restaurant de la rue Prince-Arthur. Elle l'invita à prendre le digestif à son appartement, rue Papineau.

Blanche habitait au dixième étage ; elle appela l'ascenseur. Ils ne se trouvaient pas, comme un mois plus tôt à Percé, dans un cadre romantique. Au contraire, le lieu respirait cette froideur aseptisée des immeubles d'habitation modernes. Des gens se croisaient dans le hall de l'édifice, sans même se regarder. Un concierge en livrée faisait les cent pas derrière un comptoir marbré.
La porte de l'ascenseur se referma derrière eux.
— Je suis si heureuse que tu aies téléphoné, dit Blanche. Tu vas connaître Neige.
— Neige ? ...
— Mais oui, ma fille !
— Ah ... oui.
— Elle habite avec moi jusqu'à la reprise des cours, à la fin de septembre. Elle doit se trouver un nouveau logement, à Trois-Rivières.
Causapscal écoutait distraitement. Sans souffrir vraiment de claustrophobie, il éprouvait dans les ascenseurs un sentiment de totale impuissance qui l'agaçait.
Dixième étage. Un long couloir. Des murs blancs. Une moquette étouffait le bruit des pas. Ils arrivèrent devant l'appartement 1012.
— C'est là, dit Blanche.

On entendait derrière la porte la musique d'un violoncelle.

Elle ouvrit.

– Neige, c'est moi. Je suis avec un ami, lança Blanche.

Une jeune fille parut dans l'éclairage tamisé de la pièce, vêtue d'une robe bleu foncé qui accentuait la pâleur lumineuse de son teint. Elle tenait un archet à la main.

– J'étais en train de faire des exercices, expliqua-t-elle.

Dans l'intimité de sa chambrette à Oka, Causapscal se replonge dans la lecture de son journal.

Sa voix a le velouté du violoncelle, ses yeux en ont la gravité.

Cette fois, il aborde les îles enchantées au milieu desquelles il s'est égaré, incapable de retrouver le point de départ d'une histoire amoureuse dont il n'a jamais démêlé la trame.

Le point de départ, n'est-ce pas cette minute même où il la vit, jeune fille blanche et droite, dans le salon de l'appartement 1012 de la rue Papineau? Mais comment aurait-il pu imaginer, ce soir-là, qu'ils seraient emportés, elle et lui, sur les plus hautes cimes amoureuses avant d'être plongés tous les deux dans un abîme d'amertume? Certes, l'étrange beauté de Neige le fascina. Elle avait de longs cheveux noirs, des yeux sombres, tristes et profonds, un port de tête noble, un sourire d'une infinie douceur.

Tout en elle lui parut juvénile, et il fut surpris de la gravité du regard chez une si jeune fille, du voisinage en elle de l'extrême jeunesse et de la plénitude de l'âme.

En la voyant, je redevins adolescent.

L'adolescence, ce furent les premières années au séminaire de Nicolet, les élans de mysticisme enfantin, les moments d'extase frelatée, à la chapelle, devant la statue de la Vierge; les jeux aussi et l'amitié confraternelle, les longues marches dans le boisé du collège que plusieurs générations d'étudiants avaient aménagé au fil des ans.

Des étangs qu'enjambaient des petits ponts de bois agrémentaient cette forêt, à l'arrière du séminaire, où les sentiers portaient des noms de personnages marquants de l'histoire du vénérable établissement. Au printemps, on entaillait les érables aux alentours d'une cabane à sucre, et cela donnait lieu à de joyeuses corvées dirigées par les collégiens plus âgés.

De temps à autre, l'abbé Beauséjour venait voir son protégé, et il pouvait se féliciter du comportement exemplaire de son pupille. L'étude, les jeux, les soirées académiques, les fêtes religieuses rythmaient les jours et les semaines, mais les élèves ne se pliaient pas tous d'aussi bonne grâce aux exigences de cette vie ordonnée de collégien qu'affectionnait Causapscal; les plus dissipés se risquaient même à des sorties nocturnes dans la petite ville; là, des adolescentes audacieuses leur enseignaient une science si troublante que plusieurs y perdaient leur latin.

L'automne de ses dix-sept ans, l'étudiant Beauséjour éprouva pour la première fois, à la vue d'une jeune fille, un choc dont il eut du mal à se remettre. Elle illumina subitement l'après-midi de novembre sombre et pluvieux où il avait accompagné un confrère, externe, chez ses parents. La sœur de son copain quittait la maison où moment où ils y arrivèrent.

– Elle étudie chez les sœurs de l'Assomption, dit simplement son frère.

Âgée de quinze ans, la nymphe portait la robe noire à col blanc des couventines de l'époque. Causapscal la regarda s'éloigner, hypnotisé par sa beauté, fasciné par la finesse de ses chevilles, ébloui par sa démarche princière. Durant de longues semaines, il subit le trouble intérieur que provoque l'émoi amoureux. Les notes de son bulletin chutèrent à la fin du mois.

Elle ressemble à une couventine d'une grande beauté.

Causapscal s'est-il souvenu de la jeune sœur de son confrère nicolétain quand il a écrit cela de Neige dans son journal? Où se trouve-t-elle, la si jolie jeune fille de naguère, dans le flot ininterrompu qui nous emporte, comme les eaux du fleuve, vers la mer?

Blanche souhaitait que Causapscal passât la nuit avec elle, mais il ne put s'y résoudre; sa femme l'attendait à la maison et il n'avait jamais découché.

Il se refusa aussi à vivre l'heure exquise à laquelle elle le convia, dans sa chambre, craignant de se diminuer aux yeux de Neige, dont la beauté alliée à l'innocence qu'il crut voir dans son regard déclenchèrent en lui une exaltation soudaine des facultés de l'âme.

Sur l'insistance de sa mère, Neige prit son violoncelle et en joua brièvement devant Causapscal. Il ressentit un léger vertige quand elle écarta les jambes pour y placer son instrument, avant d'attaquer le *Prélude* de la *Suite n° 1 en do majeur* de Bach.

Penchée sur son instrument, Neige relevait parfois brusquement la tête, en accentuant un passage, et sa chevelure souple ondoyait autour de son front blanc et lisse comme marbre.

Causapscal avait appris à aimer la musique dès sa première année au séminaire. L'abbé Laforge, professeur titulaire d'Éléments Latins, conviait les élèves qui le désiraient à une audition de disques, une fois la semaine. Sans être exceptionnelle, la discothèque de l'abbé dilettante comprenait certains enregistrements de grande valeur. Un collègue au génie inventif avait sensiblement augmenté la puissance de son tourne-disques et en avait amélioré la qualité. Durant la soirée, l'abbé y allait de commentaires sur les œuvres et leurs interprètes.

Causapscal se félicita d'apprécier autre chose que le violon de son père, mais il comprit plus tard que ce dernier était musicien dans l'âme et qu'il avait sans doute hérité de lui son amour de la musique.

Contrairement à ses attentes, Josaphat n'eut à peu près jamais l'occasion de jouer de son instrument en public, à Trois-Rivières. Mais Causapscal, adolescent, l'entendit souvent, au sous-sol de la maison, se déchaîner dans des «reels» et des gigues frénétiques, qu'il faisait alterner avec des airs de chansons à la mode; sans doute était-ce une façon d'adoucir l'esclavage de sa vie d'ouvrier à la Wabasso et de se consoler des dix heures d'affilée qu'il devait passer dans le vacarme des métiers à tisser. Habitué à la vie calme et lente de son village rural, à l'air bienfaisant des grands espaces, Josaphat vit bientôt sa santé menacée, dans l'enfer où se déroulaient désormais ses journées ou ses nuits.

Si la mère déplorait l'exiguïté de son nouveau logement, elle s'accommoda pourtant mieux que son mari de la vie urbaine. Le vendredi soir, avec l'une ou l'autre de ses filles, elle visitait les grands magasins de la rue des Forges. Anita et Annette travaillaient toutes deux, comme leur père, à la Wabasso. Elles avaient l'une et l'autre un «cavalier» qu'elles épouseraient bientôt. Amélie, ayant terminé un cours de secrétariat, prit un emploi chez un notaire. Catherine, maintenant âgée de seize ans, étudiait à l'Institut familial.

L'adolescence de Causapscal se déroulait sans heurts, enrobée dans la présence féminine de ses sœurs et de sa mère. Il aima surtout Catherine, qu'il trouvait jolie, mais il n'éprouva jamais de désirs incestueux. Jamais non plus ne fut-il l'objet de harcèlement de la part de frères enseignants, bien qu'il éprouvât pour l'un d'entre eux, en septième année, une attirance particulière: le religieux lui montrait une affection que son père, distant et silencieux, ne lui manifestait pas.

Causapscal ne vécut donc pas de ces histoires sordides qui blessent les cœurs adolescents et souvent les endurcissent. Au contraire, il put s'adonner tout à loisir à l'irremplaçable enchantement du jeune âge. Solitaire, il allait souvent flâner, l'automne surtout, dans les lieux de la ville qui l'attiraient. La rue Sainte-Geneviève le menait jusqu'aux jardins boisés du séminaire Saint-Joseph, qu'il longeait en admirant la façade massive de l'énorme bâtisse de pierre grise, son dôme surbaissé, ses quatre colonnes et son fronton. Il allait aussi rêver, non loin de là, devant les tours crénelées du manège militaire. Parfois, il se rendait jusqu'à la rue Saint-Maurice revoir les rosaces et le clocheton de la chapelle des Franciscains. Des moines en robe de bure à capuchon allaient et venaient autour du cloître dans un décor qu'ils animaient de leurs silhouettes romantiques.

Tout à côté, l'église de Notre-Dame-des-Sept-Allégresses dressait sa pierre blanche dans la lumière pâle des fins d'après-midi de septembre. Causapscal admirait l'élévation des tours verdâtres des deux clochers et le relief émouvant de leur sculpture dans le ciel.

Partout dans la ville, sur les côteaux ou près du fleuve, les monuments érigés par les nombreuses communautés religieuses ou paroissiales témoignent d'une époque où l'on écoutait les clercs comme on regarde aujourd'hui la télévision : autres temps, autres maîtres, autres dieux.

Quand Causapscal prenait la direction du fleuve, il empruntait souvent la rue Bonaventure dont il aimait la beauté des maisons cossues.

Sur les marches de la cathédrale, il s'étourdissait en levant la tête pour voir la croix au faîte de l'admirable clocher. Devant l'évêché, où régnait alors Monseigneur Comtois, il demeurait perplexe en relisant l'inscription sur le monument érigé à la mémoire du deuxième évêque de Trois-Rivières, Monseigneur Louis-François Laflèche :

Il est apparu sous la forme
de la bonté et de la douceur.

Après avoir parcouru en tous sens les allées du parc Champlain, il se dirigeait vers la rue des Ursulines. Là, tout près du fleuve, il se retrouvait au cœur d'un quartier historique aux rues étroites et tortueuses, aux maisons deux fois séculaires.

L'église Saint-James retenait d'abord son attention. Construit en 1742 par les Récollets, qui y adjoignirent ensuite leur monastère, le temple semble sorti tout droit d'un conte ancien. C'est là que les Trifluviens, le 23 septembre 1760, rendirent leurs armes et prêtèrent serment d'allégeance à la couronne d'Angleterre. Tout près, le dôme magnifique de la chapelle du couvent des Ursulines couronne un ensemble de bâtiments que Causapscal ne se lassa jamais de revoir. Le cadran solaire, tout en haut du mur blanc, à l'extrémité ouest du monastère, intriguait l'adolescent. Cent fois il y relut les mots:

Dies sicut umbra
Comme l'ombre les jours s'enfuient.

Dans le salon du logement de Blanche, quand Neige eut laissé mourir la dernière note du *Prélude*, Causapscal resta muet de béatitude. Elle posa son instrument et voulut se retirer, mais il s'empressa de lui poser des questions sur ses études; il la complimenta sur son jeu et la retint aussi longtemps qu'il put le faire sans que cela parût déplacé.

Elle devint instantanément une énigme.

Sous la lampe, dans sa chambre de retraitant, Causapscal relit ces mots en songeant au caractère mystérieux de cette jeune fille qui l'a emmené au bord de tous les précipices et au sommet de toutes les montagnes. Ici, durant cette semaine, il devra s'avouer que l'indéchiffrable n'était pas uniquement en elle, mais en lui, comme dans tout être humain.

LE TROISIÈME JOUR

Il est sept heures du matin. Un soleil resplendissant inonde la chambre de Causapscal. L'émission de radio *Les Notes inégales* diffuse des œuvres de musique ancienne. La veille, avant d'aller dormir, Causapscal a téléphoné à sa femme. Ils ont parlé des enfants, de Hugo, l'aîné, et des deux filles, Isabelle et Nathalie. Odile ignore les véritables motifs de cette semaine de retraite et croit son mari victime d'une de ces crises de mysticisme qui frappent certains hommes au tournant de la cinquantaine.

À l'office de Tierce, ce matin-là, les moines psalmodièrent :

Que mon cri parvienne devant toi,
éclaire-moi selon ta parole, Seigneur,
Que ma prière arrive jusqu'à toi ;
délivre-moi selon ta promesse...
Je m'égare, brebis perdue,
viens chercher ton serviteur.
Je n'oublie pas tes volontés.

Après l'office, Causapscal alla se promener dehors. L'été indien atteignait son apogée. Des effluves d'une douceur infinie flottaient dans l'air. On eût dit que la nature, à demi dépouillée de ses attraits, exhalait ses derniers parfums.

Les jardins de l'abbaye éveillèrent chez l'ancien collégien le souvenir du boisé du séminaire de Nicolet et cet après-midi d'octobre de 1947 où il se crut appelé à la prêtrise. Il faisait un temps comparable à celui d'aujourd'hui en ce jour de la Saint-Raphaël, patron du séminaire, que l'on fêtait chaque année en grandes pompes. La communauté entière des prêtres et des élèves assistait à une grand-messe pontificale dont la solennité de la liturgie avait touché Causapscal plus que d'habitude. Il avait repris avec émotion le refrain du chant à la Vierge qui disait ceci : *Elle sait que le ciel réclame les prémices d'un jeune cœur !*

À la veille de ses dix-huit ans, le jeune Beauséjour entreprenait son année de Rhétorique. Il s'était enthousiasmé, en Belles-Lettres, pour les auteurs classiques, surtout pour les tragédies de Racine et de Corneille. Les élans passionnés des protagonistes de ces grandes œuvres, leur nature ardente et chevaleresque, leurs emportements orgueilleux, la clarté de leur langage, le bouillonnement de leurs passions, tout chez ces êtres possédés par l'amour hantait ses rêveries.

Né dans la paysannerie silencieuse au cœur du Québec et transplanté à dix ans dans un quartier ouvrier de Trois-Rivières, il n'en rêvait pas moins d'aviver son intelligence et d'élever son âme à des hauteurs sublimes. C'est ainsi qu'en arpentant les sentiers du bois, il avait eu ce désir d'un absolu auquel il ne pourrait accéder que par la prêtrise.

La promenade de Causapscal sous les arbres centenaires entourant l'abbaye lui rappelle l'aspect romantique des choses sensibles qu'il aimait, jeune homme. Au bout d'une allée étroite, des marches de pierre conduisent, dans la verdure, à une statue de la Vierge, les mains jointes, le front couronné d'une étoile. «Stella matutina».

Les litanies de la Sainte Vierge défilent machinalement dans l'esprit du retraitant, engourdi par la quiétude environnante :

Tour de David... Tour d'Ivoire... Mère Admirable...
Siège de la Sagesse... Reine des Anges... Étoile du Matin...
Poésie!

Au fond du jardin, sur un button de pierres grossièrement entassées au milieu d'arbustes, s'élève une simple croix de bois portant un Christ stylisé. Le ruissellement d'une fontaine toute proche, mêlé au son de la cloche du monastère qui annonce un prochain office, plonge Causapscal dans une rêverie qui le renvoie aux moments de la vie où, suprême bonheur, l'on se confond avec la substance même des choses.

La veille au soir, en écoutant un enregistrement de Pablo Casals, il a ressenti cette sorte de béatitude. Mais une blessure en lui qui ne veut pas guérir s'est vite glissée dans la musique sublime, écorchant les notes, déformant le tempo jusqu'à le ralentir comme sur les anciens phonographes dont on devait remonter le mécanisme.

Quelques jours après sa première visite à l'appartement de Blanche, Causapscal prit le repas du midi en compagnie d'un collègue et ami, Jean-François Lemire, réalisateur d'émissions musicales à Radio-Canada. Ce dernier l'entretint d'une nouvelle série d'émissions réservée à de jeunes musiciens, qu'il allait mettre en ondes. Causapscal pensa à la fille de Blanche. Il vanta son jeu, sa technique, sa musicalité.

— Elle poursuit ses études à Trois-Rivières.

— Je ne doute pas qu'elle ait le talent nécessaire, mais elle devra passer une audition, comme tout le monde.

— Naturellement, dit Causapscal.

L'audition devait se dérouler l'après-midi même; il s'empressa de téléphoner chez Blanche. Cette dernière n'étant pas à la maison, c'est Neige qui répondit. Il lui expliqua les raisons de son appel, l'invita à se rendre à Radio-Canada avec son instrument avant quatre heures.

Interdite, elle se montra réticente; mais il la rassura en lui disant que le réalisateur était un ami et que l'audition ne serait en somme que pure formalité.

«Du reste, ajouta-t-il, je vous accompagnerai.»
Elle accepta.

– Je ne sais pas comment vous remercier, dit-elle, et surtout, j'espère ne pas vous décevoir. Je n'ai jamais songé à me produire professionnellement, et...

– Ne vous inquiétez pas, interrompit Causapscal, tout se passera très bien, j'en suis sûr. Je vous attendrai dehors, à l'entrée principale.

Deux heures plus tard, en faisant les cent pas devant l'immeuble de la Radio d'État, il s'efforçait de reconstituer dans son esprit les traits du visage de Neige. Il l'avait vue durant une demi-heure à peine. Pourtant, il se souvenait avec précision du regard; des sourcils également, noirs, très fournis sur l'arcade parfaitement dessinée. Il croyait revoir aussi la naissance des cheveux, sorte de duvet rebelle, sur le front légèrement bombé. L'instant d'après, c'étaient les lèvres finement dessinées qui apparaissaient. Puis, tout s'embrouillait, il n'était plus sûr de rien et ne revoyait qu'une silhouette mince et droite, archet à la main.

Les voitures se succédaient dans la voie d'accès à l'édifice de Radio-Canada. Causapscal s'impatientait. Enfin, elle sortit d'un taxi. Il s'élança vers elle, s'empara de son violoncelle et l'entraîna vers l'entrée. Elle s'excusa d'être en retard. Ils se dirigèrent vers le studio où on les attendait. Le long manteau de Neige se soulevait dans leur marche précipitée.

– Voilà, nous y sommes! s'exclama Causapscal, soulagé d'apercevoir Jean-François, souriant, lui faire signe d'attendre un moment. Un jeune pianiste terminait son audition.

Neige et Causapscal restèrent dans le couloir. Alors il la contempla. Elle avait la beauté ineffable de certaines jeunes filles après leur puberté et un regard qui semblait se perdre au bout du monde.

Neige réussit son audition. Jean-François Lemire s'étonna de la parfaite maîtrise de soi chez une si jeune fille.

– Elle a l'air d'une enfant, dit-il.

– Mais elle a tout de même vingt-trois ans, fit remarquer Causapscal, qui ne la quittait pas des yeux.

Assise au milieu du studio, Neige jouait avec application. Elle était vêtue sobrement d'une jupe noire ample en coton et d'un chemisier blanc à manches courtes qui laissait voir la finesse des bras. Une barrette retenait ses cheveux derrière la nuque. Quand elle eut terminé, le réalisateur lui fit signe de venir le rejoindre. Jean-François Lemire fixa la date de l'enregistrement de l'émission au dix décembre.

Causapscal régla quelques affaires au bureau, puis il invita Neige à souper. Il voulait absolument prolonger leur conversation et lui donner une tonalité plus émouvante.

– Il faut fêter votre succès. Nous irons dans le Vieux-Montréal. Je vous conduirai ensuite chez vous.

– Si vous voulez, dit-elle.

Causapscal l'entendrait souvent ce «si vous voulez» complaisant et accommodant, avant de découvrir qu'il exprimait l'abandon. Car si elle le fascina dès leur première rencontre, il ne crut pas qu'une si jeune fille pourrait jamais l'aimer.

Il était encore tôt et ils se retrouvèrent seuls dans le restaurant où il amena Neige, rue Saint-Paul, non loin du marché Bonsecours. Ils parlèrent de musique, de poésie. Dans sa jeunesse, Causapscal avait publié deux recueils de poèmes qu'il qualifiait lui-même de médiocres. Elle voulut en connaître les titres et elle lui confia qu'elle aimerait les lire.

– Peut-être m'en reste-t-il quelques exemplaires à la maison.

Elle insista pour qu'il les lui apportât. C'est ainsi qu'ils prirent rendez-vous pour la semaine suivante.

Causapscal songe à ce premier tête-à-tête avec Neige, alors qu'il s'approche d'une fontaine dissimulée dans la verdure des jardins de l'abbaye. Des lisières de mousse recouvrent le rebord de la vasque de pierre d'où s'élève un faible jet d'eau. Un moine s'y abreuve. Causapscal reste à l'écart, observant la scène d'allure médiévale, puis il poursuit sa promenade, hanté de nouveau par des souvenirs de ses années de collège. Il respire autour du monastère ce parfum qui embaumait non seulement le séminaire mais la petite ville entière de Nicolet, avec son évêché, sa cathédrale, et les nombreuses maisons de communautés religieuses qui dressaient leurs pierres grises au milieu de pelouses et d'allées bordées d'arbres et de fleurs.

Au début des années quarante, la vie au séminaire de Nicolet s'articulait autour de fêtes et d'événements religieux et il régnait dans le collège un climat conventuel : messe matinale, prières, visites de prédicateurs, conférences édifiantes, ordinations d'anciens élèves, réceptions pour des évêques de passage.

Quand Causapscal termina ses études de philosophie en 1950, cette atmosphère de parfaite sérénité allait bientôt s'effriter. Les événements entourant la Seconde Guerre mondiale avaient lancé les Québécois sur des voies nouvelles et les structures archaïques de leur société n'allaient pas résister aux assauts de la modernité.

Néanmoins, le jour de Pâques de cette année-là, le jeune homme, ému, annonça au monde qu'il avait choisi la prêtrise. Le père et la mère, venus de Trois-Rivières, assistèrent avec dévotion à la grand-messe solennelle qui marquait le dévoilement de leurs vocations par les « finissants ». Toute la communauté tressaillit d'allégresse en ce grand jour.

L'abbé Beauséjour, triomphant, remercia le ciel dans un laïus interminable à l'issue du dîner qu'il prit avec Causapscal et ses parents dans un petit salon du séminaire. Le curé de Saint-Grégoire se félicitait d'avoir décelé les vertus de l'adolescent et de l'avoir soutenu tout au long de ses études.

Le reste de la journée se passa en congratulations mutuelles entre aînés, cependant que les plus jeunes séminaristes, revigorés par les effluves du printemps, égayaient la cour de récréation de leurs jeux et de leurs cris, ignorant qu'ils étaient la dernière génération d'étudiants d'un autre âge. Bientôt, on ne verrait plus le capot d'étoffe noire à nervures blanches dont Causapscal aimait l'allure romantique; il serait remplacé par le blazer marine à boutons dorés, arborant l'écusson du séminaire.

Dix ans plus tard, le Québec clérical céderait la place à un autre, laïque.

Causapscal connut Blanche Lanoie au cours de l'été qui précéda son entrée au grand séminaire. À dix-huit ans, étudiante chez les Ursulines, elle travaillait durant les vacances dans un terrain de jeux dont il avait la responsabilité. La vocation du fils de Josaphat fut mise à rude épreuve par cette jeune fille désinvolte qui relevait exagérément sa jupe pour mieux courir autour des manèges avec les enfants, mais il résista héroïquement à toutes les tentations, malgré l'attirance qu'il éprouvait pour l'autre sexe.

Quand septembre vint, le séminariste prépara ses bagages. Sa mère lui avait fabriqué les deux soutanes réglementaires, l'une en serge lustrée, pour les dimanches, et l'autre en tissu mat, pour la semaine. Il en avait fait l'essayage, après leur confection, mais n'avait encore porté ni l'une ni l'autre. Le matin du départ, dans sa chambre, il endossa la longue robe noire, passa le col romain et attacha le ceinturon.

Poursuivant sa promenade autour de l'abbaye, Causapscal songe à ce matin de septembre de 1950 et revoit l'image d'un jeune homme de vingt ans, ensoutané.

La famille habitait depuis quelques années déjà un logement plus convenable, rue Sainte-Ursule, à proximité de la rue Saint-Maurice et de la Wabasso. Anita et Annette avaient insisté pour trouver un meilleur logis, plus près de leur lieu de travail.

Depuis, elles s'étaient mariées et avaient quitté la maison où ne vivaient plus que le père, la mère et Catherine. Amélie avait trouvé un emploi à Montréal.

Quand Causapscal fit son entrée dans la cuisine, Josaphat venait d'arriver de sa nuit de travail à l'usine. Assis à table, il humait le plat de gruau fumant que sa femme venait de déposer devant lui. Il leva la tête et aperçut son garçon.

— Vas-tu nous donner la bénédiction avant de partir? demanda le père, narquois.

— Fais pas de farce avec ça, protesta la mère. Je trouve que ça te fait bien, ajouta-t-elle en observant son fils.

— Je suis un peu mal à l'aise, j'ai pas l'habitude, dit Causapscal.

— En tout cas, tu vas être mieux au grand séminaire que moi à la Wabasso, bougonna Josaphat, après avoir avalé une première cuillerée de gruau.

Catherine s'amena à son tour. Elle eut un sourire malaisé en apercevant son frère en soutane, en train de déjeuner. «C'est pourtant vrai, dit-elle, tu pars aujourd'hui.»

Une heure plus tard, Causapscal Beauséjour, sa valise à la main, montait dans le train pour Québec.

Même si on commençait à voir apparaître les germes de la crise qui allait secouer la société québécoise dix ans plus tard, on gardait encore devant les prêtres, en 1950, une attitude déférente. Les personnes âgées, surtout, leur manifestaient une révérence servile. Les curés dans les paroisses ne manquaient pas d'exercer une autorité absolue et certains, une fois nommés chanoines, adoptaient une attitude épiscopale. Mais les plus clairvoyants apercevaient déjà au loin le virage qu'allaient prendre leurs ouailles. Cela se manifestait surtout dans le comportement des femmes et les modes qu'elles adoptaient. Des mères de famille se présentaient à l'église avec des robes à manches courtes, et leurs filles osaient même y venir en tenue légère.

À Saint-Grégoire, le curé Beauséjour, qui espérait être fait chanoine par le nouvel évêque du diocèse, pourfendait ces audaces sacrilèges de sermons à l'emporte-pièce dans lesquels il étalait ses dons oratoires.

« Où s'arrêtera donc le flot d'impureté qui déferle sur les rivages de notre province ? » demandait le pasteur avec inquiétude. « Mères, s'exclamait-il, vos filles attendent de vous l'exemple de la pudeur que vos propres mères vous ont donné ! »

Le curé devait reprendre plusieurs fois son souffle avant de mener à terme ses envolées grandiloquentes. Il vilipendait la luxure, décrivait le cortège de maux qui l'accompagne, prédisait à la province les pires châtiments, si les fidèles ne revenaient pas à une conduite plus chrétienne.

Un jour qu'il énumérait les punitions auxquelles s'exposaient les Québécois, un vieux libéral se pencha vers son voisin et lui dit : « On peut toujours pas avoir pire que Maurice Duplessis ! »

Le combat contre l'impureté sous toutes ses formes atteignait son comble à l'occasion des retraites paroissiales annuelles. Des prédicateurs professionnels prenaient le relais du curé durant ces triduums et portaient à son paroxysme la chasse à la concupiscence. D'aucuns accompagnaient leurs sermons d'une mise en scène impressionnante. Dans la demi-obscurité d'églises mal éclairées, leurs voix, tour à tour tonitruantes ou insidieuses, semaient l'épouvante dans les âmes sensibles. Si aucun d'entre eux n'avait le génie de Bossuet, plusieurs lui empruntaient des parcelles d'éloquence et ponctuaient leurs discours d'éclats de voix spectaculaires, vouant au feu éternel les impurs et les impies. Malgré tout, les églises regorgeaient encore de fidèles soumis à un clergé nombreux.

À la gare de Trois-Rivières, trois autres jeunes hommes en soutane montèrent dans le train. Diplômés du collège de la ville, ils se rendaient eux aussi au grand séminaire de Québec. Causapscal ne voulut pas faire partie d'un quatuor et, après les avoir salués, il alla prendre place dans un autre compartiment. Sa soutane gênait ses mouvements. Quelques vieilles personnes le saluèrent avec respect, mais deux jeunes filles assises sur une banquette voisine pouffèrent de rire en voyant son embarras.

Il rougit et passa l'index dans son col romain, qui l'étouffait, puis il se plongea dans la lecture de *Souffrances et bonheur du Chrétien*, de François Mauriac: «Un amant, s'il a l'esprit métaphysique, est toujours un amant désespéré; mais il s'attache d'autant plus à cette chair qu'il se sent entraîné avec elle vers l'abîme inéluctable.»

Causapscal referma le livre et regarda dehors. Un soleil pâle éclairait le paysage fuyant de chaque côté de la voie ferrée.

Les corridors du grand séminaire de Québec bruissaient d'étoffes neuves en ce jour de la rentrée. Après avoir fait sa visite au supérieur, Causapscal gagna la chambrette qui lui était réservée. En y entrant, il eut le sentiment qu'il ne l'habiterait pas longtemps. Effectivement, après quelques mois d'études théologiques, deux semaines avant Noël, il revenait à Trois-Rivières en habit laïc. Il avait vendu à vil prix ses deux soutanes à un confrère.

. «Je n'avais pas la vocation», avoua-t-il franchement à sa mère.

La nouvelle affligea le curé Beauséjour, mais sa tristesse ne dura pas longtemps: la veille de Noël, l'évêque de Nicolet le fit chanoine.

Dans les jardins de l'abbaye d'Oka, les souvenirs lointains de Causapscal Beauséjour le soustraient momentanément à la douleur qui l'a conduit ici, et dont il espère le soulagement.

La semaine suivant son audition, Neige vint à Radio-Canada chercher les deux recueils de poèmes de

Causapscal. Il les avait malheureusement oubliés chez lui. Déçue, elle lui apprit qu'elle partait le lendemain pour Trois-Rivières: elle avait trouvé un nouveau meublé qu'elle voulait aménager avant la reprise prochaine des cours.

– Trois-Rivières, dit rêveusement Causapscal, il y a longtemps que je n'y suis pas allé.

– Vous viendrez m'y porter vos recueils de poèmes, suggéra-t-elle, enjouée.

Et du même souffle, elle lui donna son adresse et son numéro de téléphone. Puis elle ajouta: «C'est devant le fleuve, rue de la Terrasse-Turcotte.»

À la mi-octobre, Causapscal prétexta une rencontre professionnelle avec des écrivains trifluviens. Il dit à sa femme qu'il reviendrait tard dans la soirée, sans doute même après minuit. Il mentait à Odile pour la première fois, ses quelques écarts de conduite ne l'ayant pas obligé jusque-là à recourir à la duperie. Il fut un peu honteux quand elle se réjouit de l'occasion qu'il avait de revoir la ville de sa jeunesse. En même temps qu'il découvrit la facilité du mensonge, il en mesura aussi la lâcheté.

Il faisait un temps gris. Après avoir quitté Montréal, Causapscal découvrit le charme des terres basses autour de Rivière-des-Prairies. À la hauteur de Berthier, à sa gauche, les premières élévations des Laurentides se dessinaient au bout du paysage. Il pensa aux côteaux de Trois-Rivières. Puis, à Yamachiche, sous la lumière pâle d'octobre, il aperçut le fleuve, splendeur lumineuse d'étain et d'argent.

Parvenu à l'autoroute de Francheville, il revit la silhouette de Trois-Rivières qu'il contemplait autrefois du haut des côteaux, dominée par le clocher de la cathédrale, ceux d'autres églises et de nouveaux édifices. Il eût voulu s'arrêter, ému comme il l'avait été à dix ans sur le camion qui l'emmena à Sainte-Angèle et sur le bateau qui lui fit traverser le fleuve, par une chaude journée de juillet 1940. La joie pure de l'enfant d'autrefois se mêla un instant au trouble de l'homme de cinquante ans: il revenait à Trois-Rivières et il allait revoir Neige! Il lui avait téléphoné, la veille, du bureau. Elle avait paru ravie et s'était même montrée impatiente de le revoir: «Je vous attends à midi», avait-elle répété avec insistance.

Au moment où il s'engagea dans la rue des Forges, Causapscal eut un serrement de cœur. Son escapade, soudain, lui parut insensée. Il lui sembla que des forces maléfiques le cernaient de toutes parts, l'entraînaient irrésistiblement vers ce qu'il redoutait le plus: perdre pied, glisser hors du cercle familier et rassurant de sa propre continuité.

Nos vies sont faites de tout un réseau de voies inextricables, parmi lesquelles un instinct fragile nous guide, équilibre toujours précaire entre le cœur et la raison. Causapscal avait vu plusieurs de ses amis ou collègues sombrer dans la poursuite de chimères de toutes sortes: popularité, gloire, amours, fortune. Son bon sens et sa nature pusillanime l'avaient jusque-là préservé de toute dérive. Il tenta d'apaiser son trouble en associant à ce premier rendez-vous clandestin ses souvenirs d'enfance et de jeunesse. N'était-il pas justifié de profiter de l'occasion que lui offrait Neige de revoir Trois-Rivières?

Il était onze heures trente quand il arriva dans le centre-ville. Il gara sa voiture et déambula dans la rue des Forges. Une bouffée d'air frais l'accueillit au bord du fleuve, à l'endroit même où le camion avait quitté le traversier, quarante ans plus tôt, emmenant un enfant émerveillé de la campagne à la ville. C'était en d'autres temps, dans un pays de villages et de petites villes où régnaient encore l'uniformité et la quiétude, dans un Québec ligoté à un passé pastoral.

Plus tard, lorsqu'il revint du grand séminaire après avoir vendu les deux soutanes que sa mère lui avait confectionnées, Causapscal ne représentait-il pas le Québec en mutation? Né en même temps que la crise économique, il avait quitté à dix ans son village de campagne; dix ans plus tard, il abandonnait le rêve de prêtrise que d'autres avaient entretenu en lui, et il se voyait aux prises avec un devenir incertain.

Rentré chez lui à la mi-décembre, il assista aux préparatifs du temps des Fêtes, qu'il n'avait pas vus durant ses huit années de collège, et il se laissa envelopper dans la joie collective. Il perçut pour la première fois le caractère profane dont commençait à s'imprégner la fête de Noël: le *White Christmas* d'Irving Berlin le disputait au cantique *Les Anges dans nos campagnes*; mais il ne résista pas au plaisir d'aller fureter dans les magasins de la rue des Forges et il se mêla à l'animation joyeuse de la cohue.

La nuit de Noël, il choisit d'assister à la messe à la cathédrale plutôt que dans sa paroisse. Il y rencontra un ami, Pierre Leblanc, étudiant en droit à l'Université de Montréal, fils d'avocat prospère, habitant rue Bonaventure une de ces maisons opulentes qu'admirait Causapscal, adolescent; ce dernier avait connu autrefois le fils de famille au cours d'une promenade dans le quartier, et ils s'étaient liés d'amitié.

Pierre ne s'étonna pas d'apercevoir son copain dans la foule des fidèles venus assister à la messe de minuit: il lui avait prédit son retour à Trois-Rivières avant Noël. «Tu avais raison», avoua Causapscal. Les deux copains causèrent jusqu'à ce qu'ils se retrouvent seuls sur les marches de la cathédrale. «J'attends une amie», dit Pierre, qui s'impatientait.

Alors s'amena en courant une jeune fille élégante. Causapscal reconnut tout de suite la silhouette de Blanche Lanoie et il quitta son ami en lui souhaitant un joyeux Noël. Une cathédrale emplie de musique et de lumière l'accueillit au moment où l'assemblée chantait le *Venez, divin Messie*. L'éclat de la cérémonie, présidée par Monseigneur Georges-Léon Pelletier, lui rappela la fête de Pâques, à Nicolet, quand il avait annoncé sa décision de se faire prêtre. Un moment, il fut triste, mais, bien vite, le climat d'allégresse et la beauté des lieux le remplirent de joie. Il songea aux nuits de Noël où il servait la messe ici, adolescent, revit avec émotion les toiles et les verrières de Guido Nincheri et, à nouveau, il fut envoûté par la musique des grandes orgues. Au moment de la sortie, il mêla sa voix à celles des fidèles.

Il est né le Divin Enfant
Jouez hautbois, résonnez musettes…

Après les Fêtes, Causapscal se mit en quête d'un emploi. Sa famille n'avait pas les moyens de lui payer les études universitaires auxquelles son cours classique l'avait préparé. Plutôt que d'accepter le poste de commis qu'on lui offrit dans une banque, il préféra s'engager comme journalier à la Wabasso où il devint «enfileur de navettes» sur les métiers à tisser. Le travail en usine, pensait-il, serait une expérience profitable, et l'idée de connaître pendant un temps le sort de son père ne lui déplaisait pas.

Causapscal côtoya donc les ouvriers et il partagea leurs horaires de jour et de nuit dans le tintamarre de la manufacture. Heureusement, la présence de jeunes ouvrières agrémentait la monotonie d'un travail aux gestes répétitifs. L'ancien séminariste tomba sous le charme de l'une d'entre elles. Élancée et menue, elle circulait entre ses métiers avec une grâce discordante dans ce décor de machines, apparemment indifférente au va-et-vient autour d'elle, au vacarme et à la saleté. Avant de se mettre à l'ouvrage, elle enveloppait soigneusement ses cheveux blonds d'un fichu noir qu'elle attachait derrière la nuque. Dans ses moments libres, Causapscal essayait de l'apercevoir entre les deux rangées de métiers dont elle avait la charge; puis, plein encore de son image, il reprenait son travail. Mais, craignant sans doute de briser les rêves que faisait naître en lui l'étrangère, jamais il ne s'enhardit à lui adresser la parole.

Durant l'hiver, du troisième étage de l'usine, il assista à des levers de soleil émouvants, du côté du fleuve. Il rêvait alors avec la ferveur extrême et le total abandon de la jeunesse.

Dans ses loisirs, Causapscal prenait part aux activités des Compagnons de Notre-Dame, troupe de théâtre amateur. Il s'improvisait régisseur, décorateur, éclairagiste, selon les besoins. C'est là qu'il retrouva Blanche Lanoie.

Secrétaire au journal *Le Nouvelliste*, elle s'intéressait à l'art du maquillage. Des idylles inoffensives se nouaient dans ce groupe de jeunes gens idéalistes et passionnés de théâtre, de musique, de poésie.

À l'automne, Causapscal décrocha un poste de rédacteur publicitaire à la radio locale. Les studios de CHLN occupaient une ancienne demeure bourgeoise qu'on avait réaménagée, rue Bonaventure. Il retrouva le voisinage de la cathédrale, du parc Champlain et, non loin de là, le quartier de ses dix ans. Mais il découvrit surtout un milieu de travail bien différent de celui de l'usine et plus conforme à sa nature. En dehors de ses heures d'ouvrage, il préparait bénévolement, avec des amis, une émission hebdomadaire de poèmes et de chansons diffusée le samedi, en fin de soirée. Un jour, une jeune femme vint au studio durant l'enregistrement. Elle demanda à voir Causapscal; elle lui dit qu'elle rêvait depuis longtemps de réciter de la poésie et elle l'invita à venir l'entendre chez elle le lendemain.

Alors commencèrent pour le jeune Beauséjour une suite de rencontres féminines troublantes. À peine sorti de huit années de collège et du grand séminaire où il avait ensuite choisi d'entrer, jeune homme encore transi de frayeur devant la femme, il s'embourba dans ses premières expériences amoureuses. L'exploration dura toute une année et prit des formes aussi diverses qu'inattendues.

L'égérie qu'il croyait trouver dans chaque femme et la hauteur où il les plaçait toutes lui causèrent les pires tourments. Mais elles furent toutes aussi, chacune à sa manière, l'écho de l'inquiétude qui habitait le jeune homme, aux prises avec l'éternel mystère de la vie, ses grandeurs et ses misères et, surtout, son prosaïsme désespérant. L'une après l'autre, elles achevèrent son enfantement.

La diseuse de poèmes s'appelait Chantal. Âgée de trente ans, d'une grande beauté, elle avait l'allure énigmatique de la femme fatale. Sa voix chantait comme l'airain sonnant l'angélus à Saint-Léonard et, sous ses paupières lourdes, la supplique de ses grands yeux pers eut tôt fait d'envoûter Causapscal. Le lendemain, il tremblait légèrement quand il sonna à la porte du logement de la rue Saint-François-Xavier. La jeune femme vint ouvrir vêtue d'une simple robe rouge qui mettait en relief son charme naturel, la clarté de son teint et son regard lascif.

Le seul fait d'entrer pour la première fois dans l'intimité d'une femme plongea Causapscal dans un vif émoi. Rien ne l'avait préparé au choc qu'il subit ce soir-là.

Chantal l'entraîna au salon où ils causèrent d'abord de poésie; puis elle se mit à lui raconter la triste histoire de sa vie: mariée très jeune à un homme qu'elle n'aimait pas et qui l'avait violée à seize ans, elle l'avait quitté récemment, incapable de subir davantage ses sévices; elle vivait maintenant seule avec sa fillette.

Au comble de l'émotion en entendant une voix si suave relater tant d'épreuves, Causapscal crut voir une larme couler sur les plus belles joues du monde.

Quand elle s'approcha, il ne pensa plus ni aux poèmes ni à son émission radiophonique. Il fondait littéralement sur le divan, quelque chose de douloureux le saisissait. (Mais en quoi l'émoi des adolescents d'aujourd'hui diffère-t-il de celui des jeunes hommes d'autrefois?) Était-il possible qu'une femme si belle, si sensible, eût souffert de tels malheurs? Leurs mains se joignirent, d'abord doucement, puis avec insistance. Ah! ces toutes petites mains blanches, délicates. On eût dit deux oiseaux cherchant leur nid. Leurs têtes se rapprochèrent avec une lenteur désespérante; bientôt elles furent si près l'une de l'autre qu'il sentit le velours de la peau du visage de Chantal. Elle se blottit enfin au creux de son épaule et laissa échapper un soupir, une plainte infime qui résonna pourtant avec fracas dans l'âme de Causapscal. À vingt et un ans, ce dernier n'avait jamais pris une femme dans ses bras ni encore échangé de baiser. Blanche Lanoie n'était qu'une camarade parmi d'autres chez les Compagnons, et elle ne le pourchassait pas encore de son assiduité amoureuse.

La seule jeune fille qu'il avait raccompagnée chez elle à quelques reprises, Isabelle Laflèche, manifestait une retenue aussi timorée que la sienne. Elle avait l'ingénuité de la Mariane du *Tartuffe* de Molière qu'elle joua, cet automne-là, chez les Compagnons de Notre-Dame. Sa pureté et son innocence ravissaient Causapscal, mais il n'était pas amoureux d'elle. Un soir qu'il avait mis le bras autour de sa taille, elle lui avait dit, tremblante: «Tu vas être raisonnable avec moi, n'est-ce pas?»

C'est un tout autre langage qu'il entendit chez Chantal. La voix haletante, elle gémissait sous la moindre caresse et lui chuchotait à l'oreille, en y posant ses lèvres humides, sa joie d'être enfin comblée de tendresse; elle répéta à quel point elle en avait été privée et s'excusa d'abuser peut-être de tant de bonheur; ce contre quoi Causapscal protesta fiévreusement. Ah! comme il la comprenait de s'anéantir ainsi dans une félicité dont il frissonnait lui-même. Les malheurs qu'elle lui racontait en étouffant ses pleurs décuplaient l'émoi du jeune homme et mêlaient de la compassion à son désir. Il se crut noble et généreux en la serrant contre lui. Elle releva la tête et il vit ses yeux embués sous les longs cils noirs. Puis, les lèvres frémissantes de Chantal, légèrement entrouvertes, touchèrent les siennes. Alors tout chavira, et il se perdit dans une mer déchaînée de sensualité où la tendresse et la violence se disputaient tout son être.

C'était donc cela l'infini entrevu dans les nuits claires de l'adolescence, quand il se levait pour aller admirer, aux fenêtres du dortoir, les champs inondés de clair de lune! Il la tenait enfin, la réponse aux questions torturantes de ses seize ans! Il l'avait enfin trouvée, la fontaine qui étanche toutes les soifs!

Leurs bouches se détachèrent après un interminable premier baiser. La tête renversée sur le dossier du divan, les paupières mi-closes, Chantal offrit alors sa poitrine à la convoitise de Causapscal. Il l'embrassa d'abord dans le cou, puis au creux de l'épaule avant de poser doucement sa bouche à la naissance des seins, délice suprême dans la robe entrouverte.

«Ah! gémit-elle, j'aurais tellement envie de me laisser aller à t'aimer, de m'abandonner tout entière...»

Avant même qu'il eût trouvé la force d'ajouter mot à un si troublant aveu, elle ajouta dans un élan déchirant: «Mais il ne le faut pas!»

Puis, sûre maintenant de la délicatesse morale de son adorateur, elle demanda: «N'est-ce pas qu'il ne le faut pas?»

Cette question ravit Causapscal et jeta un baume sur les premières blessures de la passion: ainsi donc, même enflammée de désir, elle se torturait comme lui, écartelée entre une quête de pureté et l'appel des plaisirs.

Homme-enfant épuisé de tension nerveuse, il se reconnut dans les mots «il ne le faut pas» de Chantal, comme dans un miroir tendu à sa sensibilité narcissique. Ah! comme il l'aima de conjuguer ainsi les délices du cœur et des sens. Croyant qu'elle partageait ses scrupules, il cessa de leur résister, et leurs deux corps s'emmêlèrent bientôt sur le divan jusqu'à ce que, dans un soubresaut, il fût soulagé de ses pulsions sexuelles. Chantal laissa échapper à ce moment un son plaintif, à peine audible, cependant que Causapscal taisait le cri qu'il eût tant voulu exhaler.

C'était fini.

La femme qui l'avait entraîné aux limites de lui-même reposait sur un divan, le visage blême, les lèvres sanguines.

La brise venant du fleuve caressait le visage de Causapscal Beauséjour tandis qu'il rêvait sur la terrasse Turcotte. Des mouettes survolaient une goélette s'approchant du quai. Un cargo passa au large. Après avoir consulté sa montre, il se dirigea vers la maison de Neige, tout près. Un escalier extérieur conduisait au trois-pièces où elle logeait, sous les combles d'une ancienne demeure bourgeoise.

Quand il sonna à la porte, l'agitation qui l'avait envahi en arrivant à Trois-Rivières le saisit de nouveau, mais dès que Neige apparut, sa vie s'illumina du rêve qu'il pourchassait depuis leur première rencontre, un mois plus tôt, et il ne se demanda plus ce qu'il faisait là, sur le pas de la porte du logement de cette jeune fille qui lui souriait gravement.

Elle dit «Je vous attendais», avec un parfait naturel. Sans maquillage, son visage rayonnait de cette grâce qui n'appartient qu'à la jeunesse, ornement sublime auprès duquel les bijoux les plus coûteux ne sont que pacotille. Réservée mais chaleureuse, elle ressemblait aux jeunes filles d'autrefois que l'on voit sur les photos anciennes. Totalement insouciante de la mode, elle ne portait jamais de jeans, mais son comportement révélait bien une jeune fille moderne, décontractée et en apparence sûre d'elle-même.

Neige fit voir son minuscule appartement à Causapscal: la chambre, une cuisinette et une autre pièce qui lui servait de salon, où s'entassaient des livres et des partitions.

Elle voulut préparer un léger repas, mais il s'y opposa et préféra l'inviter au restaurant.

– Nous irons ensuite nous promener dans les rues que j'aime, dit-il. Je vous montrerai l'endroit où je vivais quand j'avais dix ans.

Neige vouvoya toujours Causapscal et elle ne l'appela jamais par son prénom, même dans les moments les plus intimes. Au début de leur relation, il adopta avec elle ce vouvoiement anachronique, ayant le sentiment qu'il établissait entre eux une distance rassurante. Et puis, il aimait ce « vous » devenu quasi irréel dans un monde où il recevait souvent le tutoiement généralisé comme une gifle.

Ils marchèrent jusqu'à un restaurant de la rue Bonaventure. Chemin faisant, elle s'accrochait parfois à son bras et, quand il s'attardait à constater les transformations qu'avait subies la ville, elle le précédait de quelques pas sautillants, puis elle s'arrêtait pour l'attendre, les pieds tournés légèrement en dedans, comme une fillette. Il la regardait, incrédule, gêné par les décennies qui les séparaient, troublé par la fragilité de son corps et son allure d'adolescente, ses chevilles et ses jambes délicates. Mais ses reproches intérieurs s'évanouissaient dès que le regard ineffable de Neige lui souriait. Elle lui apparaissait alors imprécise et irréelle, comme émergeant d'un brouillard, et sa seule présence transformait toutes choses autour d'eux. Ébloui, il allait vers elle comme un voyageur éperdu court vers un mirage dans le désert.

La présence de Neige déréglait l'imagination de Causapscal, aiguisait sa sensibilité et déplaçait le centre de gravité de sa vie d'autant plus qu'il se retrouvait avec elle sur les lieux de son adolescence et de sa jeunesse.

Ils s'arrêtèrent dans le parc Champlain, amputé depuis 1967 de l'espace qu'occupent le nouvel hôtel de ville et le Centre culturel, mais agrémenté de bassins et de cascades. On était à la mi-septembre et déjà des feuilles tombées des grands arbres glissaient dans les chutes d'eau.

Ce parc, il s'y était promené souvent dans sa jeunesse, délirant d'enthousiasme et débordant de rêve, mais jamais autant qu'en ce jour où Neige souleva en lui des élans indicibles.

Si l'intelligence s'acharne à nier le temps, on peut croire qu'elle triompha ce jour-là. À cause de Neige, Causapscal Beauséjour retrouvait dans l'âge mûr l'émoi de ses jeunes années, et un passé lointain refleurissait sous ses pas.

– Je venais ici, autrefois, avec votre mère.

– Je sais, dit Neige.

– Je vous ennuie avec mes souvenirs?

– Pas du tout, dit-elle en riant, mais je commence à avoir faim.

Elle le guida vers un restaurant bondé de jeunes garçons et filles. Ils se frayèrent un chemin jusqu'à une table inoccupée.

– Beaucoup d'étudiants viennent manger ici, dit Neige.

Causapscal ne voulut pas rester longtemps dans ce lieu bruyant qu'il n'aimait pas. Après avoir expédié le repas, ils continuèrent leur promenade à pied dans le quartier. Puis, il suggéra à d'aller faire une balade le long du fleuve. « Si vous voulez », dit-elle. Ils prirent la direction de Pointe-du-Lac, roulant lentement sur l'étroite route sinueuse qu'on appelle le Chemin du Roy. Ils parlèrent, lui de son travail à Radio-Canada, elle de ses études.

Depuis le premier regard, Neige savait la fascination qu'elle exerçait sur cet homme. Elle-même séduite par le mélange d'assurance et de douceur qui émanait de lui, par la poésie dont sa vie semblait pénétrée, elle vibrait aussi à sa voix grave et harmonieuse et s'émerveillait de trouver chez lui un enthousiasme que les jeunes de son âge ne manifestaient pas.

Durant la journée, au fil de leur conversation, Neige comprit que Causapscal ne pouvait pas soupçonner son passé difficile. Elle avait quitté quelques mois auparavant un jeune homme qui lui avait fait subir les pires humiliations, et elle s'était réfugiée chez sa mère, à Montréal, en attendant de se trouver un nouveau logement.

Étudiant comme elle au Conservatoire, il l'avait convaincue d'habiter avec lui et un couple d'amis. L'insatiable besoin d'amour de Neige et sa nature passionnée l'avaient soumise aux volontés de ce jeune homme présomptueux et vain, et elle avait partagé avec lui et ses compagnons les expériences les plus équivoques.

Après avoir soupé dans un restaurant de la Pointe-du-Lac, Causapscal et Neige revinrent à Trois-Rivières. Le soir tombait. Ils restèrent un moment dehors. Les lumières des bouées dansaient comme des feux follets sur le fleuve où glissaient les silhouettes sombres de navires. Causapscal se mit à fredonner un chant patriotique à la Vierge que l'on chantait au séminaire :

Regarde avec amour sur les bords du grand fleuve
Un peuple jeune encore qui grandit frémissant...

Il expliqua à Neige à quel point les choses avaient changé depuis ses années de collégien et lui dit son malaise devant le sans-gêne de la jeunesse. Elle s'informa de ses enfants et apprit que l'aîné, Hugo, après avoir terminé ses études au printemps, pratiquait la médecine en région éloignée.

– Où donc ? demanda-t-elle.
– En Abitibi, dit-il. Et il ajouta : « C'est un idéaliste. »
– Comme son père ?...
– Si l'on veut, dit Causapscal, heureux que Neige le voie ainsi.
– Et vos deux filles ?...
– Isabelle fait des études en lettres. Elle a vingt-trois ans.
– Comme moi, enchaîna Neige.
– En effet, se contenta d'ajouter Causapscal.
– Et l'autre ? insista-t-elle.
– Elle s'appelle Nathalie. Elle a vingt et un ans. C'est un oiseau qui a du mal à se percher.

Au bout d'une demi-heure, Neige prit le bras de Causapscal et dit : « J'ai froid, rentrons. »

Il faillit suffoquer en entendant les mots prononcés par Blanche, deux mois plus tôt, sur le quai à Percé. Cela lui rappela subitement que Neige était la fille de cette femme qui l'avait inondé de baisers et emprisonné dans une sensualité dévorante, la nuit de leurs retrouvailles.

Causapscal se félicita de n'avoir jamais eu de rapports sexuels avec Blanche dans sa jeunesse et atténua son trouble en songeant qu'il n'en aurait sans doute jamais avec Neige.

Ils rentrèrent au logement. Elle prépara du café, lui rappela d'autographier ses recueils de poèmes. Dans le premier, il écrivit: *À Neige, à son regard. Septembre 1979.* Et dans le second: *Votre âme est un paysage choisi... (Paul Verlaine l'a dit avant moi, mais il n'a pas eu le privilège de vous le dire à vous.)*

Puis, Causapscal demanda à Neige de lui jouer quelque chose au violoncelle. Après avoir dit le «Si vous voulez» habituel, elle interpréta un air de folklore israélien qu'il ne connaissait pas, musique d'un lyrisme lancinant, toute en demi-tons. Par la fenêtre qui donnait sur le fleuve, il regardait au loin le rivage qu'il avait quitté autrefois; le temps se contractait en lui, toute musique se résumait en cette musique du violoncelle de Neige et tout amour ...

Était-ce un songe d'un soir d'automne?

Quand Neige eut terminé, Causapscal, craignant de succomber à un désir sacrilège, voulut partir. Elle le supplia de rester encore, de prolonger la joie que lui avait procurée cette journée. Il acquiesça. Alors, elle entreprit de lui raconter ses malheurs. Elle lui exposa d'abord les difficultés de sa vie solitaire, depuis que sa mère avait quitté Trois-Rivières, lui exprima son besoin inassouvi d'affection et d'amitié, lui décrivit les problèmes auxquels une jeune fille moderne doit faire face et déplora l'infantilisme et l'irresponsabilité des garçons de son âge.

– Ils ont rayé le mot tendresse de leur vocabulaire, gémit-elle.

Neige tenait absolument à révéler à Causapscal ses expériences malheureuses et à lui faire savoir ainsi qu'elle était femme.

Après avoir placé sur le tourne-disques un enregistrement des *Images pour orchestre* de Debussy, elle raconta comment elle avait cru trouver l'amour, l'année précédente et dépeignit la servitude dans laquelle on l'avait maintenue.

Quand Causapscal l'entendit employer l'expression «mon chum», il se rebiffa. Il avait en horreur ce mot qu'emploient les jeunes Québécoises pour désigner indifféremment leur amoureux, leur amant ou leur compagnon de vie, et il lui sembla plus choquant encore dans la bouche de Neige. Mais bientôt, des larmes glissèrent sur les joues adorables, et il se confondit en excuses, expliquant qu'il la tenait en si haute estime que la moindre comparaison entre elle et toute autre jeune fille lui paraîtrait odieuse. Il s'approcha d'elle avec dévotion, maudissant le garçon qui avait osé avilir un être si fragile et fait pleurer de si beaux yeux, mais enfiévré surtout à l'idée qu'elle avait connu l'amour. Il la réconforta et calma ses pleurs. Elle prit la main qui flattait ses cheveux et la posa sur son cœur. Causapscal la désira violemment pour la première fois, de cette sorte de désir dont tout nous prévient pourtant qu'il est à la fois incommensurable et chimérique. Les yeux de Neige lui révélèrent, à travers leurs larmes, qu'elle l'aimait. Troublé, il voulut retirer la main qu'elle tenait sur son sein, mais elle l'y pressa avec insistance. Aucune parole ne fut prononcée durant leur longue étreinte.

La nuit était parfaitement claire. À quelques reprises, sur le chemin du retour, je regrettai de ne pas l'avoir passée à Trois-Rivières.

Pourquoi Causapscal Beauséjour s'obstine-t-il à relire ce journal qu'il a fait le vœu de détruire avant la fin de cette semaine de réclusion?

Revenu à sa chambre de la Trappe, il parcourt avidement les pages relatant sa première visite chez Neige et revoit le décor intimiste de son appartement, la douce lueur d'une veilleuse dans le salon et le scintillement des lumières de l'autre côté du fleuve. Il réentend aussi les accents de la musique de Debussy.

Au souvenir émouvant de cette soirée s'ajoute celui d'une ville dont il avait retrouvé les charmes.

La première fois qu'il vint chez Neige, à Trois-Rivières, Causapscal n'avait pas remis les pieds dans la ville depuis quinze ans; ç'avait été à l'occasion de la mort de sa mère. Parfaitement intégré à la vie montréalaise, tout, dans la cité de Laviolette, l'avait alors déçu, agacé même. Il avait revu à cette occasion quelques amis de jeunesse, déjà bedonnants et satisfaits d'une vie étriquée dans leur ville de province.

Au moment de sa mort, Émilia Beauséjour habitait toujours le logement de la rue Sainte-Ursule, avec sa fille Catherine, restée célibataire. Les sœurs de Causapscal s'étaient relayées au chevet de leur mère durant la semaine de l'agonie. Émilia s'était éteinte une heure avant que son unique fils n'arrive à Trois-Rivières. Longtemps Causapscal se reprocha ce retard, mais il se consola à l'idée que sa mère avait trépassé paisiblement dans son lit, comme elle le souhaitait. Elle y reposait encore, presque souriante, quand il arriva auprès d'elle, femme d'un autre âge et d'un autre coin de pays qu'elle ne devait jamais revoir. Il obtint de ses sœurs de conserver le crucifix de la bonne mort qu'elle tenait entre ses doigts déjà glacés.

Durant les trois jours qu'il passa à Trois-Rivières, Causapscal circula surtout dans le voisinage de la rue Saint-Ursule. L'usine de la Wabasso dressait encore tout près ses interminables murs de briques. En revoyant leur abondant fenêtrage, Causapscal se remémora l'aube pâle des matins d'hiver, la fumée montant des cheminées au-dessus des toits enchevêtrés des maisons aux alentours, et il mesura la distance qui le séparait de l'époque où il enfilait des navettes. Qu'était devenue la jeune fille blonde qui avait enchanté ses nuits entre les métiers à tisser?

Il s'arrêta longuement à l'endroit précis où son père s'était écroulé, foudroyé par une crise cardiaque un jour qu'ils revenaient ensemble de l'usine. Des compagnons de travail s'étaient précipités au secours de Josaphat et avaient aidé son fils à le transporter à son domicile. Le médecin, mandé d'urgence, n'avait pu que constater le décès, à cinquante-cinq ans, de Josaphat Beauséjour, époux d'Émilia Lajoie, ouvrier d'usine à la Wabasso, père d'Anita, d'Annette, d'Amélie, de Catherine et de Causapscal.

Le tout nouveau chanoine Esdras Beauséjour chanta les funérailles. Dans un sermon redondant, il parla de la mort sur un ton pathétique et brossa un tableau édifiant de la vie de son cousin, dont il rappela «la noble origine paysanne».

On enterra Josaphat par une splendide journée du mois de juin, au cimetière Saint-Louis, sur le côteau du même nom. C'était la première fois que Causapscal pénétrait dans ce lieu qu'il reverrait souvent: les Lanoie habitaient en face, au rez-de-chaussée d'une maison de briques de deux étages, boulevard des Forges.

Quand il venait chercher Blanche chez elle, Causapscal s'arrêtait parfois devant le monastère des Sœurs du Précieux-Sang, voisin du cimetière, admirait la ville, les clochers des églises s'élançant au-dessus des toits biscornus des maisons, le dôme et une partie de la façade du séminaire Saint-Joseph, le toit de la cathédrale et la flèche élancée de son clocher. À ses pieds, la rue Bonaventure semblait creuser un sillon jusqu'au fleuve là-bas, tandis qu'il rêvait sa jeunesse.

Le jour des funérailles de son père, Causapscal ne remarqua pas le calvaire érigé à l'entrée du cimetière, au milieu d'un talus circulaire entouré des stations du chemin de la Croix et autres sculptures allégoriques des mystères de la foi, de la vie et de la mort. Marchant tristement derrière le corbillard, il ne vit pas non plus le très beau charnier en briques que l'humble cortège contourna. Un œil-de-bœuf et deux niches, vides, ornent la façade du bâtiment, datant de 1867. D'anciennes stèles funéraires de style roman occupent l'espace d'ouvertures condamnées, dans les murs extérieurs, au ras du sol. Trois fenêtres gothiques accentuent l'impression de hauteur de cette chapelle funéraire, surmontée d'un clocheton de bois peint en vert.

Pendant qu'on descendait le cercueil dans la fosse, tournoyèrent dans sa mémoire les rayures blanches et rouges du poteau, à la porte du salon de barbier de Saint-Léonard-d'Aston.

Josaphat l'avait tourné lui-même dans un rondin de mélèze qu'il avait soigneusement peint ensuite.

Au moment où l'on jetait les premières pelletées de terre sur le cercueil, Causapscal crut entendre la musique d'un violoneux. Quand il emmenait son fils cueillir des fraises, Josaphat, après lui avoir trouvé une «talle», sortait son instrument. Debout au beau milieu de la prairie, il faisait résonner aux quatre vents des gigues et des «reels» qu'il attaquait avec entrain.

Causapscal conserva toujours précieusement le violon de son père, dans l'étui de bois que ce dernier avait fait de ses mains. Il le montra à Blanche, un soir qu'elle l'avait accompagné jusqu'à sa chambre pour reprendre un livre qu'elle lui avait prêté. Elle avait paru alors disposée à lui prêter bien autre chose encore, mais la présence de sa mère, dans la pièce voisine, avait intimidé Causapscal. Et puis, c'était au lendemain de sa visite au logement de Chantal. Encore sous le coup du puissant envoûtement que la mystérieuse jeune femme avait exercé sur lui, il restait imprégné d'une étrange appréhension. Aussi n'accepta-t-il qu'un mois plus tard, après l'enregistrement d'une émission de poésie et de chansons à laquelle elle avait participé, son invitation répétée de revenir à l'appartement de la rue Saint-François-Xavier.

Sitôt entrée chez elle, Chantal voulut se mettre à l'aise et alla dans sa chambre. Elle réapparut dans un déshabillé bleu dont Causapscal n'avait vu d'exemple que dans le catalogue de Dupuis & Frères. Mais la réalité dépassait délicieusement la représentation photographique: ce fut un éblouissement! Elle s'avança en annonçant sur un ton faussement détaché qu'elle avait confié la garde de sa fillette à sa mère pour quelques jours. Puis, elle se rendit dans la cuisine chercher une bouteille de vin qu'elle tendit à Causapscal en disant:

– Il y a un mois aujourd'hui que nous nous connaissons.

– C'est pourtant vrai, bredouilla-t-il.

– J'ai pensé souligner la chose, ajouta-t-elle.

Causapscal n'avait jamais bu de vin et l'ivresse décupla bien vite son ravissement. Le déshabillé devint de plus en plus immatériel. Alors que ses doigts tremblants effleuraient le cou fin et les épaules d'albâtre de Chantal, elle se leva et l'entraîna dans sa chambre, où elle avait allumé deux chandelles sur un guéridon. Il la suivit comme un automate, impuissant à déchiffrer les sensations qui se bousculaient en lui. Était-ce le vin, il lui sembla que la flamme des bougies dansait partout dans la pièce.

Son éducation familiale et ses études au séminaire avaient associé chez lui l'idée de procréation à toute relation sexuelle. Une angoisse intolérable l'envahit.

Chantal, devinant son anxiété, dit doucement: «Ce soir, je peux te faire plaisir sans risque. »

Mais Causapscal entendit à peine ces paroles, et son émoi en brouilla le sens: il crut qu'elle faisait allusion à l'absence de la fillette.

Séduit par la beauté de cette femme qui enflammait son imagination, l'ancien séminariste vibrait d'une excitation diffuse. Pourtant, au moment même où elle s'offrait à lui se dissocièrent le sentiment amoureux et le désir sensuel. L'illusion de verticalité qu'il avait entretenue jusque-là se dissipa et, au lieu de monter vers l'indicible, il y descendit.

Quand il se pencha au-dessus de Chantal, elle détacha quelques boutons de sa chemise et glissa une main experte sur ses pectoraux, puis, elle l'attira vers elle. Il ferma les yeux à demi, mais il vit le teint pâle et satiné et, surtout, il perçut l'ébauche d'un sourire énigmatique sur les lèvres de la jeune femme. Paralysé, il n'arriva pas à exprimer les émotions qui le secouaient, à montrer le fond de son être, à dire qu'il hésitait, qu'il ne désirait plus faire l'amour. Elle enleva le déshabillé bleu et se glissa sous les draps.

– Viens, dit-elle en lui tendant les bras.

Voyant le malaise du jeune homme, elle alluma la radio sur la table de chevet. Le thème de l'émission *Adagio* jouait à Radio-Canada. «Ah! que c'est beau», murmura-t-elle. Son geste et ses paroles eurent l'effet d'un tranquillisant; la beauté de l'harmonie musicale souleva chez Causapscal un plaisir d'une pureté sans mélange qu'il put associer à celui des sens, tandis qu'elle le violait doucement, convaincue du désir qui le ravageait. Il chercha désespérément à aimer pendant cette première expérience sexuelle, mais il rentra chez lui lourd d'une tristesse nouvelle: il venait d'apprendre que la satisfaction des sens ne guérit pas la douleur née d'une quête existentielle, qu'elle l'exaspère au contraire, et que les étoiles entrevues en échangeant des baisers peuvent n'avoir été que leur reflet dans une eau trouble.

Le parfum du corps de Chantal l'accompagna sur le chemin du retour, celui de sa poudre et celui de sa peau, celui aussi du petit morceau d'encens qu'elle avait fait brûler en lui offrant, avant de partir, un café qu'il n'avait pas su refuser. Mais c'était un arôme plus âcre que le parfum des encensoirs qu'il balançait au bout de leurs chaînettes, quand il servait la grand-messe à la cathédrale.

Causapscal ne revint plus chez Chantal, mais elle continua à prendre part aux émissions radiophoniques qu'il mettait en ondes. Six mois plus tard, un homme dans la quarantaine quitta femme et enfants pour elle, et ils vinrent habiter Montréal.

Jamais plus on n'entendit parler d'elle.

La relecture des notes qu'il avait prises au lendemain de sa première visite chez Neige a fait dériver les pensées de Causapscal jusque dans la chambre de son initiation sexuelle. Il lui a fallu venir ici, dans ce lieu de silence et de prière, pour comprendre qu'il avait rouvert à cinquante ans l'éventail des désirs humains, expérimenté avec Neige toutes les contradictions, épuisé avec elle l'étreinte retenue avec la première femme. Au sortir des ténèbres qui l'ont entouré, il doit assumer la plus humiliante découverte : celle de sa propre petitesse.

Après les huit années passées dans le monde masculin du collège, Causapscal avait abordé avec ravissement les rivages féminins, en avait respiré tous les parfums. Surpris par la violence des pulsions que la femme éveillait en lui, il s'étonna de ne pouvoir arrêter son désir à une seule d'entre elles.

La pudeur mêlée de culpabilité qui l'affligeait, en même temps qu'elle freinait ses élans, en augmentait l'intensité, et il se trouvait plongé dans une lutte incessante et épuisante entre les forces les plus vives de la chair et celles de l'esprit. Il projetait son imagination fantasque et poétique dans la virtualité de jeunes filles tantôt sensuelles, tantôt prudes, cherchant en elles un apaisement dans la tempête de ses émotions. Aussi eut-il du mal à oublier l'incident de la rue Saint-François-Xavier. Durant un certain temps, il vit dans toutes les femmes Ève tendant la pomme à Adam. C'est Blanche qui le guérit de son mal en lui permettant des épanchements sensibles teintés de romantisme et de poésie, parfois même accompagnés d'un mysticisme douteux.

Causapscal s'était lié d'amitié avec l'organiste de la cathédrale et, certains soirs, au retour d'une promenade au bord du fleuve en compagnie de Blanche, ils allaient l'entendre répéter les grandes œuvres du répertoire ou ces petites pièces d'orgue envoûtantes qui leur rappelaient l'accompagnement du chant des psaumes au collège ou au couvent. Assis dans un banc du transept, ils échangeaient d'innocentes caresses dans l'obscurité de la cathédrale où dansaient les flammes des lampions devant les autels latéraux, après quoi il reconduisait Blanche sur le côteau Saint-Louis.

Certains soirs, avant de rentrer chez lui, Causapscal se rendait dans un cabaret de la ville où se produisaient des artistes venus de Montréal : chanteurs, acrobates, avaleurs de feu, magiciens, danseuses. Il avait longuement hésité avant d'y entrer la première fois, craignant que quelque femme de mauvaise vie ne vînt l'accoster. Il n'avait vaincu son appréhension qu'après avoir vu pénétrer dans l'établissement quelques personnes à l'allure convenable.

Il régnait dans ce lieu sombre et minable une atmosphère trouble et tendue. Des hommes ivres réclamaient la danseuse et s'invectivaient vulgairement, tandis que des femmes, attablées en leur compagnie, riaient à gorge déployée. Des cris et des applaudissements accueillaient l'entrée en scène d'une pitoyable Salomé. La clientèle de ce cabaret miteux n'avait pas les exigences du roi Hérode, et l'intensité du chahut diminuait au fur et à mesure que progressait le déshabillage. Les ondulations de la danseuse, jeune encore mais rondelette, révélaient la mollesse des muscles des bras et les bourrelets naissants de la taille. Une médaille pendait au bout d'une chaînette à son cou. La gaucherie des arabesques que dessinaient ses mains trahissait une ignorance absolue des subtilités des danses orientales (mais connaissait-elle seulement le mot Orient?). Elle savait en tout cas exciter l'appétit des mâles frustes et grossiers qui lui criaient d'enlever son cache-sexe, dès qu'elle avait fait glisser, à la fin d'un roulement de tambour, le dernier voile.

Le premier soir, seul dans son coin, Causapscal resta incrédule devant tant de vulgarité. Il revint pourtant dans ce club de nuit de deuxième ordre, cherchant à déceler au milieu de cette promiscuité bruyante et enfumée les mystères de sa propre humanité et de sa québécitude, à saisir aussi les sentiments qu'exprimaient ces gens dans un langage informe dont la pauvreté l'attristait; ce n'était plus les harmoniques de la langue paysanne de son enfance, mais plutôt un langage désarticulé, des grognements que provoquaient les audaces de la danseuse sur l'étroite scène où elle évoluait.

Après avoir passé deux années à Trois-Rivières, Causapscal voulut élargir ses horizons. Un jour qu'il assistait à la répétition d'une pièce de Félix Leclerc, à la salle des Compagnons de Notre-Dame, il fraternisa avec un ami de l'auteur, directeur du service des émissions culturelles à Radio-Canada. Quelques mois plus tard, ce dernier lui facilita l'entrée au service de la discothèque à la société d'État, où il devint bientôt réalisateur d'émissions radiophoniques. C'était à l'été de 1952.

Dans sa retraite d'Oka, Causapscal se rappelle avec nostalgie ses premiers jours à Montréal, la chambre qu'il avait louée non loin de Radio-Canada, boulevard Dorchester (devenu depuis le boulevard René-Lévesque), dans l'ouest de la ville.

Le passage de la province à la métropole constituait, à l'époque, un bond dans un monde mythique : la télévision n'existait pas encore au Québec et Montréal restait, pour les provinciaux, une ville lointaine et fabuleuse, lieu de perdition pour les uns, planche de salut pour les autres.

Causapscal plongea avec enthousiasme dans sa nouvelle vie, se fit des amis parmi les peintres, musiciens, comédiens, poètes et écrivains, fréquenta les endroits favoris de la bohème montréalaise du milieu du siècle, au début de la décennie qui allait transformer le Québec et le mener à la Révolution tranquille. On le retrouvait souvent, le soir, à *La P'tite Europe*, café crasseux où se réunissaient des étudiants de l'École des Beaux-Arts, ou encore à *La Hutte suisse*. On imitait dans ces lieux le comportement des existentialistes parisiens de l'après-guerre, dans leurs caves de Saint-Germain-des-Prés, ou celui des beatniks américains.

La vie de Causapscal fut un tourbillon d'insouciante jeunesse jusqu'au jour où il rencontra Odile Lanthier. Après avoir fait des études chez les Dames de la Congrégation, Odile œuvrait à la tête du mouvement de la Jeunesse étudiante catholique, alors répandu dans tout le Québec.

Elle était fille unique; son père, médecin, s'intéressait aux mouvements nationalistes et sa mère, femme souffreteuse, s'occupait de bonnes œuvres. La famille habitait rue Elmwood, à Outremont, en face du parc du même nom.

Causapscal aima instantanément Odile; non seulement ses amours précédentes se résumaient toutes en elle, mais il s'y ajouta une dimension nouvelle: il éprouva le désir d'avoir des enfants, de fonder avec elle une famille.

Deux ans plus tard, en l'église Saint-Viateur d'Outremont, il unit sa destinée à la femme entre toutes les femmes.

Alors que Causapscal se répétait mentalement la phrase «Vous voilà mariés, mon cher frère et ma chère sœur, vous voilà unis pour la vie», la cloche de l'abbaye annonça l'office des Vêpres.

À la chapelle, il entendit les moines psalmodier:

Le Seigneur est mon berger: je ne manque de rien
Sur des prés d'herbe fraîche, il me fait reposer
Il me mène vers les eaux tranquilles et me fait revivre
Il me conduit par le juste chemin pour l'honneur de
son nom.
Si je traverse les ravins de la mort, je ne crains aucun
mal,
car tu es avec moi, ton bâton me guide et me
rassure...

Saisi d'une angoisse soudaine, Causapscal quitta la chapelle de l'abbaye; il monta dans sa voiture et il prit la direction de Montréal. Après une troisième journée de solitude, il voulait se divertir, échapper durant quelques heures au pénible face-à-face avec lui-même. Chemin faisant, il laissa dérouler dans son esprit le fil ininterrompu des années de sa vie matrimoniale, en revécut les temps forts, la naissance du premier enfant, Hugo, dix mois après son mariage, celles d'Isabelle et de Nathalie, mais aussi la répétition des jours et des semaines, ponctuée par les événements et incidents du temps ordinaire. Les choses familières avaient infiltré la substance même de sa vie, s'y étaient mêlées comme l'eau à la terre et l'avaient fécondée dans sa durée comme dans sa transformation.

Causapscal se souvient surtout de la rupture qu'il a ressentie lorsqu'il est devenu père et qu'il a été renvoyé à l'avant-dernier rang dans l'ordre des générations. Étranger à cet enfant auquel la vie le liait indissolublement dans le temps, il s'était laissé emporter par un lyrisme que d'aucuns avaient trouvé dérisoire. Mais la vie même n'est-elle pas à la fois grandeur et dérision? Causapscal reste pourtant convaincu qu'on ne fait que pérorer à la surface des choses, quand on aborde les péripéties de l'aventure humaine, dont la part la plus vivace se joue dans le secret des cœurs, et il déplore que le discours humain se change alors bien vite en bavardage.

Né en 1929, cinquante-trois ans plus tard Causapscal s'égare sur cette planète. Comme beaucoup d'hommes de sa génération, il a crâné souvent pour faire croire qu'il évoluait au même rythme ou même devançait les transformations qu'il avait tant désirées dans sa jeunesse. Mais il découvre que tout ce qu'il a aimé a disparu. Passé la cinquantaine, il devient fatigué, à bout de souffle. La vie ne se ressemble plus. Hormis l'amour, il n'est plus rien qu'il reconnaisse. Est-ce pour cela qu'il a succombé une dernière fois à ses sortilèges?

L'apparition de Neige, créature inachevée, image de tous les possibles, a suscité en lui une dernière passion amoureuse avant de lui en infliger l'ultime blessure.

Machinalement, Causapscal conduisit sa voiture dans Montréal vers la rue Saint-Denis. C'est là, quelque temps après son premier voyage à Trois-Rivières, qu'il avait retrouvé Neige. Il l'avait invitée à assister au lancement du nouveau roman d'Aristide Landerneau, *L'Involontaire*. L'événement avait attiré le Tout-Montréal littéraire et artistique à la Bibliothèque nationale. Les projecteurs des caméras de la télévision inondaient la salle de leur lumière aveuglante, cependant que les reporters de nombreux postes de radio se disputaient une entrevue avec le célèbre auteur et qu'on attendait, à la file, la faveur d'une signature.

Après avoir présenté Neige à l'écrivain, qui la baptisa aussitôt «l'Ange d'octobre», Causapscal se mêla avec elle à la foule bavarde, mais bientôt elle demanda à quitter les lieux.

Les trottoirs débordaient de jeunes gens rieurs et insouciants.

Ils marchèrent lentement en direction de la rue Sainte-Catherine, passant devant les cafés bondés. La pluie soudain se mit à tomber. Ils se trouvaient à l'angle de la rue Émery, devant le *Faubourg Saint-Denis*; ils s'y engouffrèrent et allèrent s'installer à une table au fond du café. Causapscal commanda un carafon de vin rouge. Les haut-parleurs diffusaient des airs de musique à la mode qui se perdaient dans le bruit des voix et les éclats de rire.

Quatre garçons et deux filles, autour d'une table voisine, analysaient les relents de judéo-christianisme dans leurs vies. D'autres jeunes gens, plus loin, s'esclaffaient à tout moment.

Causapscal aimait l'animation de ces cafés; il s'y laissait porter par le brouhaha des voix, mêlant la sienne à leur rumeur et s'y enveloppant comme dans un manteau trop large qu'on replie autour de soi. Il s'illusionnait alors, devenait vite euphorique et s'exaltait comme au temps des palabres interminables de sa jeunesse.

Le tête-à-tête avec Neige le remplit pourtant de gravité. Les aveux qu'elle lui avait faits à propos de son expérience sexuelle l'obsédaient: il ne pouvait s'empêcher d'imaginer l'étreinte amoureuse, alors même qu'il ne

souhaitait rien d'autre que la voir. Il avait beau se répéter
que sa seule présence suffisait à son bonheur, qu'elle
rendait toutes choses légères, chaque fois que les révé-
lations de Neige revenaient hanter son esprit s'élevaient
en lui les grands vents du désir.

Comme le garçon apportait le carafon, les accords de
guitare d'une chanson gitane répandirent leur infinie
tristesse dans le café, et la voix enrouée du chanteur
Manolo hurla les accents déchirants de la passion amoureuse espagnole. Causapscal s'empressa de boire une
gorgée de vin pour apaiser sa nervosité. À sa conscience
des limites de tout amour s'ajoutait celle des dangers
d'amours interdites. Il avait aimé autrefois de toutes les
forces de sa jeunesse et savait que le rêve s'épuise de lui-
même. Mais les deux pôles de l'amour se touchèrent un
instant en lui, il oublia que l'éternel ne passe que dans la
durée lente et commune entre deux êtres, et surtout dans
le don de la vie qui les prolonge et les dépasse. Est-ce
pour cela que tant de jeunes femmes succombent à
l'impérieux besoin d'enfanter de l'homme qu'elles aiment
momentanément?

Dans ce café de la rue Saint-Denis où l'on s'agitait, un
homme de cinquante ans s'égarait dans le regard amoureux d'une jeune fille qui l'entraînerait, bien au-delà de
l'adultère, dans une gerbe de joies si exaltantes qu'il
n'aurait jamais, avant la catastrophe finale, le sentiment
d'aucune transgression. La jeunesse insolente de Neige, si
elle se moquait du temps, plongeait Causapscal au cœur
de son mystère.

La rumeur grandissait dans le *Faubourg Saint-Denis*
au fur et à mesure que la pluie augmentait et que les gens
venaient s'y mettre à l'abri.

Causapscal crut défaillir quand il entendit Neige mur-
murer: «Je vous aime…» Elle s'était penchée au-dessus de
la table pour lui dire ces paroles à l'oreille, puis elle s'était
rassise. Son visage avait la pâleur d'une lune de janvier,
ses yeux brillaient comme les étoiles dans une nuit
d'hiver. Abasourdi, incrédule, il lui dit: «Approche-toi.» (Il

abandonna ce soir-là le vouvoiement qu'elle ne quitta jamais avec lui.)

Leurs têtes se touchèrent au-dessus de la table du bistro.

— C'est impossible, dit faiblement Causapscal. Je n'ai pas bien entendu, ou alors, je rêve.

— Mais non, protesta-t-elle, vous ne rêvez pas et moi non plus. Je vous aime, m'entendez-vous! répéta-t-elle sur un ton plus assuré.

Il eût voulu qu'elle donnât des explications, répondît à des pourquoi et à des comment qu'il n'osait pas formuler, de crainte de brouiller une béatitude dont il n'imaginait pas qu'il pût en exister de plus grande.

— Je veux être seule avec vous. Partons d'ici, supplia-t-elle.

— Mais... pour aller où? bredouilla Causapscal, tremblant d'émoi.

— Là où vous voudrez, mais où nous serons seuls.

Il y avait dans la voix de Neige une fermeté que ne remarqua pas Causapscal. Il se leva et il alla régler l'addition; ils sortirent ensuite sous la pluie. Rieuse, Neige s'accrochait à son bras, levait la tête et offrait son visage à la pluie, ouvrant toute grande la bouche pour gober des gouttes d'eau avec la langue. Ils se trouvaient en face de la ruelle baptisée abusivement *Place Paul-Émile Borduas*.

Euphorique, Neige s'amusa à décliner, comme une litanie, les noms de tous les cafés des alentours: *Le Saint-Malo, La Brioche, Le Picasso Bar, Le Bistro à Jojo*, le *Bistro vietnamien, La Pointe de Pizza, Le Salon des Cent*, le *Napoli Pizzeria* et *L'Espaghettificio*. Des gens couraient sous la pluie et entraient se réfugier dans l'un ou l'autre de ces bistros.

Causapscal avait laissé sa voiture en stationnement dans la rue Ontario, près de la rue Saint-Denis. Ils s'y rendirent en pressant le pas. Enjouée, Neige restait indifférente à la pluie ruisselant sur son visage. Parvenus à l'auto, elle vit clignoter tout près, vers l'ouest, un néon: **La Casa**.

– Nous pourrions y faire sécher nos vêtements, dit-elle à Causapscal, en lui désignant la maison de chambres pour touristes.

– Je ne suis jamais entré dans de pareils endroits, fit-il remarquer.

– Moi non plus, ajouta-t-elle.

Ils traversèrent la rue et gravirent la dizaine de marches de bois d'un large escalier, recouvert d'une marquise métallique peinte en bleu et blanc, et ils entrèrent dans le portique excédant la façade sordide et grise.

– Il faut sans doute sonner, dit Neige en pressant sur le bouton.

Pétrifié, Causapscal avait du mal à fixer son attention sur le réel autour de lui. Il lui semblait que leurs gestes se faisaient au ralenti. Après un moment d'attente, Neige sonna de nouveau. Une vieille femme malingre et édentée vint ouvrir. Ils entrèrent dans un petit hall qui donnait sur deux portes et un couloir. Un escalier montait à l'étage.

La tenancière demanda : « Est-ce que c'est pour la nuit ? » Causapscal ne saisit pas instantanément le sens de la question. Elle la répéta : « C'est-tu pour toute la nuit ou bien seulement … »

Il l'interrompit avec un « Heuh … » malaisé et bafouilla rapidement : « Oui, oui, c'est pour la nuit. » Elle l'invita à le suivre vers une pièce sombre qui servait de bureau.

Neige resta dans le hall.

La dame tendit la main en réclamant les vingt dollars que lui remit Causapscal. Ce dernier refusa le reçu qu'elle lui offrit. « C'est la deuxième porte à gauche, en haut », précisa la femme en lui tendant la clef de la chambre numéro 12.

Causapscal s'empressa de venir rejoindre Neige qui lui sourit tendrement. Ils montèrent sans échanger une parole. Le vieil escalier tournant craquait sous leurs pieds. Il mit la clef dans la serrure. L'ancienne porte de bois à panneaux s'ouvrit sur une immense chambre à plafond haut dans laquelle trônait un ancien lit double à tête sculptée. Le mobilier comprenait en outre un chiffonnier, une table basse, un cendrier sur pied et une patère. Il y avait un sofa le long d'un mur. Dans un coin de la chambre se trouvait un miroir au-dessus d'un lavabo. Une lampe de chevet jetait dans la pièce une pauvre lumière jaunâtre.

— On se croirait au cinéma, dit Neige en suspendant à la patère son imperméable trempé.

— Dans un vieux film en noir et blanc, ajouta Causapscal.

La chambre donnait sur la rue. Il souleva le rideau et jeta un coup d'œil dehors.

— La pluie a cessé, dit-il.

— Mais nous ne sommes pas secs pour autant, fit remarquer Neige. Vous devriez, vous aussi, faire sécher vos vêtements.

Causapscal enleva son trench-coat et l'étendit sur le sofa. Neige se dirigea vers le lavabo, prit une serviette pour s'en assécher les cheveux, après quoi elle vint soulever le couvre-lit. Il s'étonna de la tranquille assurance avec laquelle elle faisait ces gestes.

— Ma blouse aussi est trempée, dit-elle. Je n'avais pas bien fermé mon manteau.

Debout au pied du lit, Causapscal regarda Neige détacher lentement les boutons de son chemisier.

— Voulez-vous que j'éteigne? demanda-t-elle avec une extrême douceur.

— Pas tout de suite. Laisse-moi te regarder un peu.

Causapscal n'arrivait pas à dénouer la trame des événements qui les avaient conduits ici: ils se trouvaient tantôt dans un café de la rue Saint-Denis, ils avaient marché sous la pluie, Neige avait aperçu un néon rouge où clignotaient les mots **La Casa**, ils étaient entrés dans une pitoyable maison pour touristes... Tout s'était déroulé comme dans un rêve.

Assise sur le lit, Neige chuchota vers Causapscal un «Je vous aime» qu'il n'entendit pas. Mais il vit les mots que dessina sa bouche, comme un sourd les lit sur les lèvres. Il eût voulu arrêter le bouillonnement de son esprit.

Le trouble de son cœur lui battait les tempes. La peau blanche de Neige dans la pénombre l'éblouissait: ses épaules finement sculptées, ses bras frêles, ses longues mains délicates qui jouaient avec une chaînette à son cou élancé et les petits seins fermes que n'avait aucun mal à contenir un soutien-gorge bleu.

— Pourquoi sommes-nous ici? demanda gravement Causapscal.

— Parce que je vous aime, répondit Neige. Puis elle ajouta: «Et parce que vous m'aimez aussi.»

Elle inclina ensuite la tête et posa ses mains sur ses genoux, en les joignant comme une couventine en prière. Tout en elle enchantait Causapscal, et il ne vit aucunement l'errance dans laquelle elle l'entraînait. Il s'approcha du lit, il s'y assit, et il éteignit la lampe. Neige lui prit les mains.

— Heureusement qu'il a plu, dit-elle.

Le clignotement du néon jetait dans la chambre, à intervalles réguliers, une lueur qui rosissait la peau de Neige. Après quelques minutes, elle eut un léger frisson et dit: «J'ai froid.»

Frémissant de fièvre, il la couvrit de son corps.

— Vous tremblez, constata Neige.

— D'émoi, oui, murmura Causapscal, qui ne voulait pas faire l'amour avec elle, surtout pas pénétrer dans ce corps adorable qu'il tenait entre ses bras tremblants.

Vibrant de tout son être, il se situait bien au-delà du désir, à des hauteurs d'où l'on fait une chute vertigineuse en possédant une femme aimée si l'on n'échange pas tout avec elle.

La pluie se remit à tomber et battit la vitre de la fenêtre. Le néon clignotait sans cesse: **La Casa... La Casa... La Casa...** Neige détacha son soutien-gorge. Ils s'étreignirent de nouveau. Elle redisait «Je vous aime», tandis qu'il emprisonnait ses petits seins entre ses mains et y portait la bouche avec douceur.

Curieusement, Causapscal ne ressentait nulle violence; nulle urgence non plus. Alors qu'il reposait sa tête sur son sein, Neige, au contraire, fut prise d'une soudaine frénésie amoureuse. Elle le renversa sur le lit et elle l'embrassa furieusement. Elle détacha ensuite sa chemise et promena sa bouche sur ses épaules, puis sur son torse, puis sur son ventre, puis plus bas, puis ...

– Non, ne fais pas cela! supplia Causapscal, haletant.

Mais elle continua à lécher sa chair de ses lèvres humides et de sa langue pointue et, ouvrant le pantalon, elle posa ses lèvres dans le pli de l'aine tandis que sa main flattait l'objet de sa sollicitude. Après avoir exhalé dans un souffle un «Je vous aime» éperdu, elle fit éclater toutes les fibres du corps de Causapscal, toutes celles de son âme aussi. Écartelé et gémissant, il tournoya au fond d'un abîme sans fin. Un abîme de plaisir et de douleur: rien de plus simple que d'enclencher le délire des sens, ni rien de plus fou que de vouloir désespérément aimer sans eux. Un abîme...

De profundis...

Causapscal murmura douloureusement ces paroles, en latin d'abord et ensuite en français: «Du fond de l'abîme je crie vers toi...»

– Que dites-vous? demanda Neige, entendant des mots prononcés indistinctement.

– Rien ... rien ... Il ne fallait pas ...

L'homme et la femme subissent les mutilations de l'amour sous des formes qui leur demeurent mutuellement étrangères.

«Je vous aime», répétait Neige, la tête abandonnée sur le torse de Causapscal.

Il eût voulu lui aussi emplir la chambre d'un cri qui ne parvenait pas à s'échapper de sa poitrine, tant il est vrai que la parole signifie l'amour avec plus de puissance que la sexualité même.

Mais le verbe ne se fit pas chair.

Seule la femme de Causapscal l'avait entendu parfois exhaler des paroles incohérentes au milieu de l'amour, quand il s'incarne dans l'écoulement non seulement de la sève, mais de toute la vie passant par les reins d'un homme après avoir traversé les siècles et les générations.

La lueur du néon à la fenêtre redisait **La Casa**.

Assise sur le lit, Neige appuya sa tête sur ses genoux. Ses longs cheveux cachaient son visage. Recroquevillée, elle entoura son corps de ses deux bras, comme on voit sur certaines photos de femmes nues. Causapscal se leva et arpenta la pièce un moment. De temps en temps, il s'arrêtait pour regarder Neige, alternativement rose ou blanche au rythme de l'enseigne de la maison de chambres. Son extase avait pris fin sur un malentendu qu'il voulait dissiper, mais il n'osa aborder le sujet dans cette triste chambre. Il s'approcha, passa tendrement la main dans les cheveux de Neige et dit: «Partons. »

Si une légère morosité succéda en lui aux caresses, il n'éprouva toutefois aucun sentiment de culpabilité. Son exaltation amoureuse élevait Neige à une telle hauteur qu'il croyait évoluer avec elle dans des régions inaccessibles au mal lui-même. Il éprouvait en sa présence des sentiments comparables à ceux qui l'habitaient, au séminaire, quand les élèves chantaient le «Tota pulchra est » devant une statue de la Vierge.

La tenancière vint dans le hall d'entrée, quand ils eurent refermé la porte derrière eux.

— Ouais, la nuit a pas été longue, dit-elle en les voyant s'éloigner.

Il était onze heures. La pluie avait cessé de nouveau. Neige et Causapscal entrèrent dans un café, en face de la maison de chambres. Il commanda une bière, et elle une tisane. Elle devait passer la nuit chez sa mère et rentrer le lendemain à Trois-Rivières.

— S'il fallait qu'elle sache …

— Ne vous inquiétez pas, dit Neige.

Ce fut la seule allusion qu'ils firent jamais à Blanche. Leurs têtes se rapprochèrent jusqu'à se toucher, leurs mains se nouèrent, et ils reprirent ce dialogue amoureux fait de chuchotements et de regards alanguis.

Parti d'Oka sans autre but que celui de se soustraire à la solitude, Causapscal descendit la rue Saint-Denis jusqu'à la rue Émery. Il gara sa voiture, puis il se dirigea vers le *Faubourg Saint-Denis*. Il entra, irrésistiblement attiré vers une petite table où il alla s'asseoir, au fond du café. C'est là que Neige avait dit la première fois «Je vous aime.»

Causapscal commanda un carafon de rouge et pria le garçon d'apporter deux verres. «Mais... vous êtes seul», fit remarquer le serveur.

— J'attends quelqu'un, dit Causapscal. On attend toujours quelqu'un, n'est-ce pas?

— Si on veut, oui, répliqua indifféremment le garçon, qui tourna vite les talons.

Dans le café à moitié désert, les haut-parleurs diffusaient des airs des Beatles. Une jeune femme, seule aussi à une table voisine, fredonnait *Yesterday*. Elle avait les yeux rougis.

Les mains posées sur la table, Causapscal regardait fixement devant lui. Il entendit, mêlés à la musique de McCartney, les sons graves et veloutés d'un violoncelle. Après avoir vidé son verre, il laissa l'autre intact sur la table : il se leva et il retourna à Oka.

LE QUATRIÈME JOUR

Une légère gelée, comme il en arrive parfois pendant l'été indien, recouvre le sol aux alentours de l'abbaye de Notre-Dame-du-Lac. Le temps a subitement changé. Le matin sombre et frais annonce le mois de novembre prochain.

À son retour de Montréal, la veille, rempli des souvenirs troublants que lui avait rappelés sa randonnée, Causapscal s'était jeté sur le lit pour s'y endormir au son de la *Petite Musique de nuit* d'une radio FM. Ce matin, le petit jour l'a surpris en train de relire les notes qu'il a prises au lendemain des premiers échanges amoureux avec Neige, cherchant encore à décrypter, comme s'il se fût agi de hiéroglyphes, le sens de ces mots qui disent pourtant clairement l'amour extasié qui l'avait alors enveloppé.

Il se glissait, dans le paroxysme où elle m'a conduit, une douceur comparable à celle des premiers élans d'un cœur adolescent.

C'est pour cela que Causapscal a pu s'enfoncer dans l'obscur ravissement d'un amour excentrique sans jamais en voir la perversité, continuer d'aimer sa femme Odile et rester auprès d'elle sans qu'un iota de leurs vies fût changé, revoir même la mère de Neige.

Est-ce à cause d'un remords inconscient, quelques jours après que Neige lui eut déclaré son amour, il téléphona à Blanche pour lui dire combien il se réjouissait que sa fille ait été invitée à l'émission du 10 décembre et pour lui laisser savoir qu'elle pourrait, si elle le désirait, assister à l'enregistrement. Mais il ne put se soustraire à son invitation pressante et, le soir même, il sonnait à l'appartement de la rue Papineau. Blanche vint ouvrir, exubérante.

– Tu ne sais pas la joie que tu me fais! s'exclama-t-elle. La solitude me pèse, ce soir. Puis, dans un soupir, elle ajouta: «Mais je la préfère à la présence d'un homme que je n'aimais plus. »

– Et lui, est-ce qu'il t'aimait?

– Follement, au début... et en fou, par la suite. Les hommes ne devraient jamais aimer à la folie, dit-elle gravement en fixant Causapscal, comme si elle eût deviné la passion amoureuse qui l'habitait. Seules les femmes savent aimer ainsi, ajouta-t-elle.

Puis elle l'invita à passer au salon et elle lui offrit à boire.

– Je prendrai une bière, si tu en as...

– J'en ai, mais je veux partager avec toi une bouteille d'un grand cru qu'on m'a offerte la semaine dernière, au bureau. Après une pause, elle ajouta: «C'était à l'occasion de ma fête. »

– Ton anniversaire de naissance? bredouilla Causapscal.

– Le dernier avant d'atteindre la cinquantaine, dit-elle, gouailleuse, en se rendant à la cuisine d'où elle revint avec une bouteille et deux verres.

– Je bois à ta fête, même si elle est passée, dit Causapscal.

Blanche voulut connaître le déroulement de la vie de Causapscal depuis son départ de Trois-Rivières. Elle se montra insatiable, friande de détails, s'informa de ses enfants et de sa femme.

– Tu l'aimes? demanda-t-elle.

– Bien sûr, répondit Causapscal.

– Comme au premier jour?

– Il n'y a que le premier jour qu'on aime ainsi...

Devant la réponse sibylline de Causapscal, elle n'insista pas et l'écouta plutôt lui raconter ses premières années à Montréal et sa rencontre avec Odile, lui brosser un tableau de sa vie matrimoniale et lui dire les joies que lui avait procurées la paternité. Il lui expliqua aussi comment il avait gravi progressivement les échelons de sa profession et trouvé dans son travail des satisfactions intellectuelles qui avaient atténué sa peine de ne pas être devenu écrivain, comme il l'avait rêvé après sa sortie du grand séminaire. Causapscal regretta devant Blanche de ne pas avoir eu le tempérament voulu pour cela et, surtout, de n'avoir jamais acquis la liberté de pensée indispensable à la création.

– Et pourtant, ajouta-t-il, je me suis souvent demandé ce que cette liberté aurait ajouté à ma vie. La création sert à masquer le réel bien plus qu'elle ne le change. Quant à la liberté...

– Tu deviens grave, fit remarquer Blanche, narquoise.

Alors ils se lancèrent tous les deux dans une discussion animée qui leur rappela leurs conversations d'autrefois. Causapscal évoqua son enfance anonyme et heureuse, le bonheur qu'il avait goûté durant les années décisives de l'existence, quand la simplicité et la lenteur de la vie s'accordaient en lui à l'indéfini et à la candeur.

Est-ce parce que les souvenirs d'enfance de Causapscal le rattachent à son grand-père Beauséjour, né en 1860, qu'il a le sentiment d'être d'un autre âge?

En 1937, à l'âge de 77 ans, François-Xavier Beauséjour attelait encore son cheval et venait faire des courses au village. Parfois, il ramenait le jeune Causapscal à la vieille maison du rang de l'Île, où l'enfant passait quelques jours à aider sa grand-mère Elzire, dont les jambes commençaient à flancher.

Les habitants des rangs de campagnes restaient une énigme pour le petit villageois des années trente; leur éloignement et, surtout, la nuit opaque qui les enveloppait le soir venu l'impressionnaient fortement. L'électrification rurale commençait à se répandre, mais les grands-parents de Causapscal s'éclairaient encore à la lampe à l'huile. Elzire souhaitait depuis quelques années l'installation d'ampoules électriques dans la maison, mais son mari n'en voyait pas la nécessité.

— Il me semble qu'on verrait mieux, le soir, plaidait la grand-mère.

— Qu'est-ce que ça nous donnerait, on connaît les aires par cœur, répétait François-Xavier. Mais on peut acheter une autre lampe à l'huile, suggérait-il à sa femme, quand elle lui rappelait que sa vue baissait dangereusement.

Le soir, après le souper, Causapscal accompagnait son grand-père à l'étable, où il gardait deux chevaux, trois vaches et quelques cochons. L'enfant portait le fanal, infime tache lumineuse dans la nuit.

Plus et mieux que tous les films d'extra-terrestres ou d'aventures spatiales, l'obscurité et le ciel vibrant d'étoiles lui révélaient son appartenance à l'insondable infini cosmique. La Voie lactée des nuits d'hiver et les aurores boréales chuintantes et colorées de l'automne l'enchantaient.

Quand le grand-père et l'enfant rentraient à la maison, la lampe à l'huile sur la table dessinait leurs ombres mouvantes sur les murs de la cuisine.

Parfois, prétextant la vue trop faible de son mari, la grand-mère lui faisait la lecture du journal *L'Action catholique*. Mais Causapscal apprit plus tard que son grand-père Beauséjour ne savait ni lire ni écrire.

Après avoir récité le chapelet et fait la prière du soir, les vieux emportaient la lampe et montaient se coucher, laissant le garçon dans les ténèbres de la cuisine, où il dormait sur un sofa. Causapscal entendait durant quelques minutes le craquement du plancher à l'étage, puis un silence de mort emplissait la maison. Des pensées confuses tournoyaient dans l'esprit de l'enfant jusqu'à ce qu'il s'évanouisse dans le sommeil.

Le bruit des casseroles et l'odeur des crêpes réveillaient Causapscal le lendemain matin. «Dors donc encore un peu», lui suggérait la grand-mère. Mais il se levait aussitôt, tout heureux qu'un nouveau jour succédât à une nuit si noire. Après avoir aidé le grand-père à soigner les bêtes, il revenait à la maison avec une faim de loup qu'apaisaient les crêpes arrosées de sirop d'érable. Puis, François-Xavier attelait son cheval à poil roux à un boghei chancelant et ramenait son petit-fils au village.

Au milieu des années trente, la vie à la campagne reflétait encore la lenteur paysanne du siècle précédent. De rares automobiles circulaient dans la rue principale de Saint-Léonard, où l'on voyait passer tout le jour des voitures à chevaux. Causapscal ne manquait jamais de suivre celle du poissonnier pour l'entendre crier de sa voix éraillée : «Du poisson! Du poisson!», et aussi admirer la balance suspendue à l'arrière de la voiture.

Le boulanger, le laitier, le boucher, le vendeur de blocs de glace et le marchand de tissus se succédaient dans le village où s'amena, par un bel après-midi d'été, un camion qu'on n'avait jamais vu et derrière lequel couraient, tout joyeux, des enfants que Causapscal s'empressa de rejoindre. Le véhicule s'arrêta devant le restaurant d'Isidore Labre, et là, on remit à chacun des enfants une casquette rouge et une bouteille d'eau gazeuse de couleur brune, au goût légèrement piquant : on pouvait lire sur la casquette et sur la bouteille les mots **Coca-Cola**. C'était en 1937.

Blanche sourit en écoutant Causapscal raconter ce souvenir d'enfance.

— Ainsi donc, tu as assisté à l'arrivée du coke au Québec?

— À Saint-Léonard-d'Aston, en tout cas.

– Moment historique, dit sentencieusement Blanche.

– Peut-être plus important qu'on ne le croit.

– Ah oui...?

– Je me souviens que les casquettes ressemblaient à celles des peintres en bâtiment. C'était notre premier contact avec ce qu'on appelle la civilisation américaine, et nos pères ont adopté le Coca-Cola avec le même empressement qu'ont mis leurs arrière-petits-enfants à s'arracher les disques de Michael Jackson et les tee-shirts publicitaires.

– Eh bien, ce soir, heureusement, dit Blanche, nous n'en sommes plus au coke, mais au vin de France. Puis elle versa le reste de la bouteille dans les verres.

À la fin de la soirée, elle essaya en vain de retenir Causapscal pour la nuit, mais elle dut se contenter d'une étreinte prolongée.

– Tu reviendras me voir? demanda-t-elle. Il y a tant de choses inachevées entre nous.

– Les siècles même n'achèvent rien, murmura Causapscal avant de refermer la porte derrière lui.

Dans sa chambrette de la Trappe, les souvenirs lointains soustraient un moment le retraitant à ses pensées sombres. Il esquisse un sourire en se remémorant le camion de Coca-Cola pourchassé par les enfants dans la rue principale. Il plonge alors dans le sentimentalisme tant décrié par certains collègues de travail prétentieux, revenus de tout, sauf d'eux-mêmes, preuves vivantes que jamais un paon ne s'est pavané en vain.

Durant ses premières années à Radio-Canada, Causapscal avait baigné dans le tourbillon d'idées soidisant novatrices qui allaient conduire finalement à la tranquillité bien plus qu'à la révolution. Un anticléricalisme enfantin régnait alors dans son milieu de travail, et l'on pourfendait les curés avec d'autant plus d'empressement qu'on leur faisait porter le poids de tous les maux du Québec.

«Tu l'as échappé belle», ironisaient certains confrères, en faisant allusion à son séjour au grand séminaire. «Je n'échappe malheureusement pas à vos sottises!», déplorait Causapscal, qui se posa souvent en défenseur d'une objectivité historique effrontément écorchée durant ces années prétendument révolutionnaires. On l'accusa de conservatisme et de traditionalisme, on le qualifia de réactionnaire et de dinosaure.

– Tu as sans doute la foi du charbonnier, suggéra un jour un collègue.

– J'en connais qui en ont à peine l'intelligence, répliqua Causapscal, qui se méfia toujours de ceux qui jetaient trop allègrement par-dessus bord les fondements mêmes de la société qui les avait enfantés.

Trente ans plus tard, la plupart de ces révolutionnaires de salon, pensionnés et retraités bedonnants et repus, hésitaient à dire oui à une indépendance nationale dont ils craignaient qu'elle leur enlevât une part, si minime fût-elle, de leur bien-être. Comme leurs ancêtres qu'ils avaient vilipendés, ils ne rêvaient plus que de se tenir au chaud l'hiver; mais au lieu de le faire les deux pieds sur la palette du poêle, ils séjournaient en Floride ou dans des îles exotiques des mers du Sud. D'autres, qui avaient renié l'enseignement religieux de leur enfance, perdaient devant l'approche de la vieillesse et de la mort l'arrogance de leur insolente jeunesse.

S'il ne pratiquait plus sa religion catholique avec la ferveur de ses vingt ans, Causapscal avait gardé la foi. Quelques semaines avant de venir à la Trappe, un soir qu'il était allé se recueillir à l'Oratoire Saint-Joseph, il aperçut, agenouillé dans le dernier banc de la crypte, un homme aux cheveux rares et blancs qu'il crut reconnaître. C'était Alpha Lalumière, son ancien patron à Radio-Canada. Autrefois anticlérical virulent, ce dernier faisait tourner un chapelet noir entre ses doigts et ne quittait pas des yeux la gigantesque statue illuminée de Saint-Joseph dominant le chœur de l'église à la voûte surbaissée.

Causapscal ne voulut pas distraire l'homme en prières. Après avoir médité devant les vitraux aux doux coloris, il passa dans la chapelle des ex-voto où l'accueillit l'odeur fétide d'innombrables lampions allumés devant les bas-reliefs illustrant les vertus de saint Joseph et sur le prodigieux lampadaire au pied duquel on a enchâssé une relique du saint. Puis, il alla s'agenouiller devant le tombeau du Frère André où il put lire les mots : *Pauper, servus et humilis.* Pauvre, humble et obéissant....

Causapscal pensa à son père et à sa mère. À sa mère, surtout. Au lendemain de la mort du saint religieux, le 6 janvier 1937, elle avait épinglé au mur de la cuisine une photo de l'apôtre de saint Joseph, parue dans le journal *La Presse*; elle voisinait celle des célèbres jumelles Dionne, qu'elle avait découpée dans *La Revue moderne.*

Revenu dans la chapelle des offrandes votives, sorte de large couloir aux allures d'immense mausolée, Causapscal se dirigea vers l'extrémité où se trouve, derrière une grille, une petite statue du charpentier bénite par saint Pie X en 1909, et au pied de laquelle brûle l'huile de saint Joseph. Il revint ensuite du côté de la crypte avant de monter à la basilique. On y célébrait ce soir-là une messe solennelle. Il retrouva dans la vaste nef Alpha Lalumière. Ils se saluèrent et se donnèrent rendez-vous sur le parvis, après la messe.

Durant la cérémonie religieuse, Causapscal circula sous l'immense voûte, goûtant le chant des Petits Chanteurs du Mont-Royal et la musique tantôt humble et tantôt glorieuse des grandes orgues. Il s'attarda, au fond de l'abside, dans la chapelle du Saint-Sacrement; les hautes colonnes de marbre vert du Vermont, le plafond en hémicycle recouvert de feuilles d'or, la grille monumentale devant l'autel aux six chandeliers, tout lui rappela à la fois la grandeur et la petitesse de l'homme.

Depuis la fin douloureuse de ses amours avec Neige, Causapscal fréquentait assidûment l'Oratoire. Il y venait généralement le soir se plonger dans une quiétude propre à la méditation.

À la fin de la messe, il attendit Alpha Lalumière sous le portail de la basilique. Appuyé à l'une des quatre gigantesques colonnades de style corinthien supportant le majestueux fronton, il se souvint qu'un humble religieux avait été à l'origine de cet imposant monument. Il songea alors à tous ces petits faiseurs qu'il accueillait à ses émissions culturelles, personnages prétentieux qui croyaient bouleverser l'art universel en publiant une plaquette de poésie ou un roman. Il souriait encore de cette infantile fatuité, quand Alpha Lalumière arriva. Ils restèrent un moment à contempler le spectacle de la ville illuminée, puis ils se rendirent dans un café de la rue Côte-des-Neiges.

Causapscal ne fit aucune allusion au passé irréligieux de Lalumière.

Ils évoquèrent des souvenirs communs; son ancien patron lui apprit enfin la mort quasi simultanée, six mois plus tôt, de sa femme et de sa maîtresse; la mort aussi, à dix ans, d'un petit-fils adoré.

— Après avoir tout tenté pour éviter de couler à pic, je me suis tourné vers Dieu, avoua Lalumière.

— Pourquoi pas? dit simplement Causapscal.

— La vie nous réserve parfois de cruelles surprises, n'est-ce pas?

— En effet, approuva Causapscal, qui regarda se lever et s'éloigner, le dos courbé, un homme vieilli prématurément.

C'est le soir de cette rencontre que Causapscal décida de se retirer une semaine à la Trappe d'Oka. La passion qu'il avait épuisée avec Neige lui avait révélé sa propre nullité. Seules les situations extrêmes sont révélatrices; d'aucuns que l'on croyait héroïques se révèlent lâches, et d'autres, au contraire, témoignent alors d'une noblesse qu'on ne leur soupçonnait pas.

Ayant dépassé avec Neige la limite de lui-même, Causapscal crut que tout était consommé. Dans le silence de sa cellule à Oka, il se souvient du jour de l'enregistrement du récital, le 10 décembre 1979. Il n'avait pas vu Neige depuis le soir de *La Casa*.

Il arriva que ce jour-là, après avoir fait des courses, Odile, sans prévenir son mari, vint le retrouver à Radio-Canada. On la conduisit au studio où elle rencontra Blanche et Neige. Avec le réalisateur de l'émission, le groupe alla ensuite souper dans un restaurant de la rue Saint-Denis. Odile ignorait tout de l'aventure de son mari et Blanche ne soupçonnait pas que sa fille fût l'amante de Causapscal.

«Comment ai-je pu supporter durant des heures une situation aussi équivoque, et dans laquelle je me sentais d'une lâcheté sordide?» se demande encore Causapscal.

Puis il lut la réponse dans son journal:

Neige souriait à sa mère et à ma femme avec une candeur innocente qui me rassura. Elle nous enfonça tous les deux dans le plus pur et le plus dur secret, et je m'étonnai de partager sans honte une pareille duplicité.

À la fin de la soirée, Neige, suppliante, dit furtivement à Causapscal: «Téléphonez-moi demain, s'il vous plaît.»

La semaine suivante, le soir du 17 décembre, ils étaient attablés au *Faubourg Saint-Denis.*

Il neigeait une vraie neige d'hiver, froide et floconneuse, qui donnait tout leur sens aux nombreuses décorations de Noël dont scintillait la ville. Le climat du temps des Fêtes accentua l'euphorie amoureuse de Causapscal. Neige avait bravé le froid et une tempête toujours possible pour venir de Trois-Rivières dans sa petite voiture japonaise. Elle était là, devant lui, radieuse. Elle avait mis du rimmel à ses yeux. Ses yeux!

Pourtant, Causapscal fut impuissant à s'abandonner à l'indicible bien-être qu'il ressentait. Neige lui offrit le cadeau de Noël qu'elle avait apporté: un disque d'Agnès Baltsa, une chanteuse grecque à la voix pure, interprétant des airs de Theodorakis et autres musiciens que Causapscal aimait.

— Je t'enverrai le tien la semaine prochaine, dit-il, honteux de n'avoir pas songé à cette délicatesse.

Il but plus de vin que d'habitude. Neige aussi. Au bout d'une heure, ils se dirigèrent vers *La Casa* de la rue Ontario. On avait dressé dans le portique un petit arbre de Noël illuminé de rouge, de vert, de jaune et de bleu. La neige, le sapin, les décorations, les airs anciens que des haut-parleurs diffusaient dans la rue, tout rappela à Causapscal son enfance lointaine et sa jeunesse enfuie; la présence de Neige liait toutes choses comme en un rêve, le protégeait de la mélancolie dans laquelle il sombrait si souvent.

Tout amour n'est-il pas un rêve?

– La pluie s'est changée en neige, dit-il en arrivant devant la maison de chambres, faisant allusion à l'averse qu'ils avaient subie, deux mois plus tôt.

– Tout finit par se changer en moi, déclara Neige, amusée.

Causapscal demanda et obtint la même chambre. Ils furent bientôt dans le lit, nus. Le néon clignotait comme en octobre, mais il enluminait cette fois des flocons de neige. Il faisait froid dans la chambre. Neige grelottait sous l'unique couverture du minable lit. Causapscal la réchauffa, visita son corps de la tête aux pieds, mais ne se résolut pas davantage que la première fois à y pénétrer, comme si l'amour qu'elle lui inspirait eût pu en être souillé.

À la fin de leurs ébats, Neige répéta le geste d'amour qui avait arraché à Causapscal, lors de leurs premières étreintes, le cri de jouissance désespérée: «NON! Ne fais pas cela!» Et il entendit le même «Je vous aime!» passionné et languissant.

S'il s'égarait entièrement sous les caresses de Neige, Causapscal craignit toujours de se reproduire en elle. Il pouvait se fondre dans Neige, s'y perdre et s'y retrouver, s'y grandir ou s'y diminuer, s'y dissoudre même, mais jamais il ne se résolut au risque de procréer avec elle; il éprouva auprès d'elle l'amour dans lequel on s'anéantit et s'élança avec aisance dans la verticalité qui mène à l'extase, mais il ne connut pas l'irrésistible désir qui nous pousse à nous prolonger à travers l'autre dans une continuité temporelle.

Amant platonique, il s'approchait de Neige avec une indicible ferveur, magnifiant son image, sublimant tout et n'incarnant rien. Mais en réalité, il baigna surtout dans un érotisme velouté dont son esprit s'acharna à voiler l'ambiguïté.

Contrairement à Causapscal, Neige se donna totalement. Nature incomplète, son âme d'artiste emplie de désirs multiples et mal définis trouvait en cet homme d'âge mûr, au cœur jeune encore, l'étanchement de son immense soif d'amour. Elle cachait sous des allures de biche un tempérament de feu et sa nature angoissée se reposait dans la passion romanesque; elle aimait que Causapscal fût d'une autre époque, s'informait auprès de lui de la vie d'antan et l'écoutait avec une attention soutenue, comme si elle donnait une dimension mythique au récit qu'il lui faisait de choses pourtant banales. Il lui exposait parfois sa tristesse d'être né dans un village des années vingt, maudissait le sort de l'avoir privé, dans l'enfance, de toute nourriture intellectuelle, s'apitoyait devant elle sur sa condition d'homme québécois d'autrefois, condamné à la pauvreté culturelle, et s'accusait ensuite d'ingratitude envers ses père et mère.

Onze heures et demie. La cloche de l'abbaye annonce l'office de Sexte. Causapscal abandonne ses souvenirs et se rend à la chapelle. Il lit avec les moines le psaume suivant:

> *Comme les yeux de l'esclave*
> *vers la main de son maître*
> *comme les yeux de la servante*
> *vers la main de sa maîtresse*
> *nos yeux, levés vers le Seigneur notre Dieu,*
> *attendent sa pitié.*

Pitié pour nous, Seigneur, pitié pour nous:
notre âme est rassasiée de mépris.

Mais en ce quatrième jour de retraite, il est encore incapable de prier vraiment. Entre les paroles des psaumes s'immisce l'amertume et se profile l'image déformée d'une jeune femme adorée qui l'a entraîné d'abord dans les méandres ravissants du rêve amoureux et, ensuite, dans le labyrinthe inextricable d'une passion qui le hante toujours.

À la fin du mois de mars, Jean-François Lemire avait demandé à Causapscal d'appeler Neige pour lui proposer de remplacer, la semaine suivante, un musicien malade. Il avait téléphoné sur-le-champ. Elle avait insisté pour qu'il vînt à Trois-Rivières, lui répétant qu'elle avait besoin de ses conseils pour préparer cet enregistrement imprévu.

– Je serai là demain après-midi.

Le lendemain, prétextant une entrevue avec le directeur de la revue *Les Écrits des Forges*, Causapscal prit la direction de Trois-Rivières. Mais cette fois, dit-il à sa femme, il emprunterait la route transcanadienne, car il voulait passer par son village natal. À midi, il se trouvait à Saint-Léonard-d'Aston où il vit une petite ferme abandonnée qui lui plut. Causapscal songeait depuis quelques années à s'acheter un coin à la campagne. Il visita rapidement la fermette à vendre et résolut de s'en porter acquéreur. «Je vous téléphonerai demain», dit-il au propriétaire. Puis, il poursuivit son chemin.

Le long des routes, il admira le spectacle du réveil de la nature. Des îlots de neige grise subsistaient encore çà et là dans les champs, mais partout se préparait la grande fête du vert nouveau. Une vapeur infime et frémissante montait de la terre et l'eau ruisselait au creux des ravins, dans les fossés et les rigoles.

Causapscal fut soudain rempli des souvenirs flous d'une sorte de vie antérieure, écho de la première sève et des premières sensations de l'existence: l'expression «être au monde» reprit alors pour lui tout son sens. Il arrêta sa voiture au bord de la route, en sortit, s'assit sur le capot et huma l'air vivifiant du printemps. La rivière Nicolet, gonflée par la fonte des neiges, débordait légèrement au milieu de doux vallonnements; des corneilles volaient lourdement au-dessus des bosquets environnants en faisant entendre leur chant rauque; des chiens aboyaient au loin; des mouettes planaient en rond dans un ciel d'azur; les hirondelles frôlaient le sol de leur vol capricieux, des alouettes surgissaient des arbustes et des volées de moineaux bifurquaient brusquement, allaient se poser dans les buissons et en repartaient aussitôt.

Causapscal reconnut dans ce coin de terre les fondements mêmes de son être, la pâte dont il avait été pétri et la sève qui l'avait nourri. Tout ici le rappela à une réalité existentielle que le temps et d'autres lieux avaient graduellement érodée. Des vibrations venues de la petite enfance émergèrent lentement dans sa conscience: bienêtre, étreinte première de la vie, satisfactions secrètes, confuses et vagues, premiers actes d'amour reçus et donnés, échangés, perdus et retrouvés, chaos de l'être primaire, proximité de l'oreille paternelle et douceur bienfaisante du sein maternel. Mais ne dit-on pas «notre mère la Terre» et n'était-il pas question, autrefois, de «la terre paternelle?»

Après avoir écouté le chant de son pays natal et s'être réjoui d'un printemps qui prend chaque année l'allure d'une libération, il repartit vers Trois-Rivières.

Neige, radieuse, l'accueillit avec ferveur. Ils restèrent un moment sur le balcon, dans l'air tiède et la lumière éclatante. Les eaux rutilantes du fleuve emportaient leurs dernières glaces. Des badauds s'attardaient à la terrasse Turcotte.

– Je suis venu par la rive sud, dit Causapscal, qui raconta à Neige son voyage et lui apprit son intention d'acheter une ferme abandonnée, au pays de son enfance.

– C'est merveilleux! s'exclama-t-elle.

– C'est à moins d'une heure de Trois-Rivières, précisat-il. Je ferai faire des réparations à la maison et j'y viendrai travailler, de temps à autre.

– J'adore la campagne, et je vous aime, dit Neige.

– Allons préparer ton programme, suggéra-t-il.

Ils passèrent deux heures dans des partitions qui s'étalèrent bientôt autour d'eux, sur le plancher du salon. Parfois, elle prenait son violoncelle et jouait un extrait d'un ouvrage. Après avoir choisi les pièces qu'elle allait interpréter la semaine suivante, ils allèrent flâner dans les rues environnantes. Causapscal revit avec émotion le couvent des Ursulines et les vieilles maisons d'un quartier historique que l'émoi amoureux parait de charmes nouveaux.

Revenu au logement de Neige, il voulut ramasser les partitions dispersées sur la moquette du salon. Elle s'agenouilla auprès de lui, l'enlaça bientôt passionnément et, enfin, le gratifia de tous les dons.

Le lendemain, Causapscal révéla à Odile sa décision d'acheter une petite ferme abandonnée à Saint-Léonard. Elle s'en étonna, mais il justifia son acquisition en l'assurant qu'il s'agirait d'un bon placement. «Tu habites à deux pas de ta maison natale, ajouta Causapscal, et tu n'as jamais quitté le quartier de ton enfance. Comment pourrais-tu comprendre le désir qu'on a d'un retour aux sources?»

Odile admit le naturel d'une telle envie, mais la campagne la laissait indifférente, et elle prévint son mari qu'il devrait s'occuper lui-même du réaménagement de la maison de ferme. Elle ne devait d'ailleurs y venir qu'une fois.

Neige, au contraire, se montra ravie quand Causapscal l'emmena voir les lieux; leur délabrement et leur aspect vieillot lui parurent absolument charmants; elle se réjouit surtout qu'un tel lieu romanesque pût cacher leur intimité.

Après avoir traversé le pont Laviolette, ils avaient roulé sur les routes de campagne de cette plaine qui s'étend depuis le fleuve jusqu'aux vallonnements des Bois-Francs.

En passant à Nicolet, Causapscal eut un choc en apercevant les ruines d'une aile incendiée du vieux séminaire, qu'il n'avait pas revu depuis 1953, année du 150e anniversaire du collège. Il était alors venu de Montréal assister à la messe pontificale célébrée par le délégué apostolique, Ildebrando Antoniutti, entouré du cardinal Paul-Émile Léger, de l'archevêque de Québec, Maurice Roy, et de nombreux autres prélats. L'évêque de Nicolet jubilait au milieu d'un si fastueux déploiement. Il ne semblait pas soupçonner la fin prochaine de l'Église triomphante qu'il accueillait dans les murs de «son» petit séminaire, celle aussi de l'archaïque système d'enseignement qu'elle dominait de son pouvoir quasi absolu.

Au milieu de l'après-midi, l'ancien séminariste s'était promené longuement avec délices dans le bosquet où il avait tant de fois erré parmi ses songes. Puis il avait repris vivement le chemin du retour à Montréal, incapable de supporter plus longtemps que tant de joies fussent à jamais enfuies.

Malgré la tristesse que lui causa la vue de l'aile en ruines du collège, Causapscal s'arrêta longuement avec Neige devant la somptueuse façade, s'émut de revoir les vieux murs de pierres grises, les lucarnes des dortoirs, les hautes cheminées surmontant les toits en pente, le préau, le dôme de la chapelle. Mais il ne reconnut pas l'environnement du séminaire, tant la ville avait changé d'aspect.

Mélancolique, il poursuivit sa route.

Oh! comme il se souvient de cette journée ensoleillée! On était au mois de mai et les lilas embaumaient les villages qu'ils traversèrent. Neige partageait sa joie, la décuplait de sa présence, attentive au moindre sursaut d'émotion que manifesta Causapscal tout au long du pèlerinage qui le ramenait au pays de son enfance. Elle ne se lassa pas de l'entendre évoquer des souvenirs, comme si elle les eût elle-même partagés.

Avant de se rendre à « sa terre », il montra à Neige le village, la maison où il était venu au monde, « dans le chambre du rez-de-chaussée, à l'arrière », l'église qui l'avait vu enfant de chœur, les bords de la rivière Nicolet où il allait jouer, enfant, sous le « pont des chars ».

Mais, à part l'église et le couvent, tout était méconnaissable : il devait préciser qu'ici les choses avaient autrefois telle allure, que là on avait démoli une maison et ailleurs, coupé de grands arbres.

Enfin, ils se dirigèrent vers la ferme et bientôt ils virent au loin la petite maison couverte de bardeaux, grise comme la grange-étable et le hangar entourés de pommiers, de pruniers et de lilas en fleurs. Causapscal y avait fait exécuter par un ouvrier du village les réparations qui l'avaient rendue de nouveau habitable. Neige pénétra dans l'humble maison comme on entre dans un château. N'était-ce pas à cause d'elle, et pour eux, qu'il l'avait achetée?

Causapscal viendrait s'y réfugier durant les week-ends pour préparer ses émissions, elle l'y rejoindrait, ils vivraient ici des heures délicieuses et tisseraient ensemble la trame d'une existence dont ils recherchaient tous deux les pures émotions primitives. Pourtant, n'ayant jamais éprouvé le désir de vivre ailleurs que chez lui, où il se trouvait parfaitement heureux, il ressentit en entrant dans la maison un étrange malaise. Le bonheur que manifesta Neige l'en guérit rapidement.

Je passerais ma vie ici avec vous.

Causapscal relit dans son cahier ces mots que Neige a prononcés avec une gravité souriante et une assurance désarmante. Elle avait ensuite, il s'en souvient, allumé le feu dans l'antique poêle à bois, fait bouillir l'eau, préparé le café, exploré les lieux avec un enthousiasme juvénile et touchant.

Neige s'émerveilla de découvrir avec Causapscal les reliques d'une vie campagnarde qu'elle n'avait pas connue. Il lui raconta les nuits «noires» chez son grand-père François-Xavier, et il recula aussi loin qu'il le put dans un passé dont elle semblait se délecter.

Ils montèrent au grenier où ils trouvèrent une poupée de chiffon défigurée que Neige voulut emporter avec elle. Dans le hangar, derrière la maison, traînaient divers objets hétéroclites: coffres de bois remplis de clous rouillés, instruments de jardin, vieux rabots et anciennes poulies de bois. Sur la «tasserie» de l'étable se trouvait un ancien «berlot» tout rafistolé que Causapscal se promit de faire restaurer.

Neige avait apporté son violoncelle et, l'après-midi, elle en joua sous un pommier du verger. Couché sur le dos à ses pieds, Causapscal regarda s'effilocher quelques rares nuages s'étirant dans l'azur. Des oiseaux chantaient dans les arbres. Neige arrêta soudainement de jouer.

— Regardez, dit-elle doucement.

— Quoi donc? demanda Causapscal.

Un papillon s'était posé sur le violoncelle.

— Il est blanc comme neige, dit-elle.

— Tu es plus blanche encore, murmura Causapscal. Il posa ses lèvres sur son front, puis il l'entraîna vers la maison.

— Allons faire un tour dans les environs, suggéra-t-il.

— Si vous voulez.

Ils roulèrent au hasard dans les rangs et sur les routes secondaires de cette campagne que Causapscal avait quittée à dix ans. S'il avait souvent entendu prononcer leurs noms, il n'avait pas visité les villages environnants de Sainte-Perpétue, Sainte-Brigitte, Sainte-Eulalie ou Saint-Wenceslas, non plus que celui de Notre-Dame-du-Bon-Conseil, dont la seule évocation, enfant, le faisait rêver.

Après avoir erré une heure, ils revinrent à Saint-Léonard et ils soupèrent dans l'unique restaurant du village avant de regagner, à la brunante, la maison de ferme. Les bosquets devenaient des taches de plus en plus sombres dans les champs, tandis que la nuit envahissait l'espace. Sur le chemin du retour, la radio de l'auto joua des airs de guitare classique, mais au moment où Causapscal stationna la voiture derrière la maison, le chanteur Claude Dubois entonna la complainte de Rutebeuf: «Que sont mes amis devenus, que j'avais de si près tenus, et tant aimés...» Des larmes embuèrent les yeux de Causapscal: une poésie moyenâgeuse accompagnée d'une musique romantique le rejoignait dans sa campagne natale, en même temps qu'une jeune femme venue de plus loin encore peut-être.

– Qu'avez-vous? demanda Neige.

– Ce n'est rien, dit-il.

– Vous semblez malheureux...

– Mais non, au contraire.

Il expliqua qu'il avait appris cette poésie en classe de Rhétorique, qu'il avait entendu Léo Ferré la chanter à la fin des années cinquante et ne pouvait la réentendre sans être ému. «Tout cela vient de si loin», ajouta-t-il.

Ils entrèrent dans la maison; Causapscal alluma la lampe à l'huile. Neige n'en avait jamais vu: elle en trouva l'éclairage fascinant.

– Joue-moi quelque chose, demanda Causapscal.

Elle prit son instrument, s'assit sur une chaise qu'elle éloigna de la table de la cuisine, et se mit à jouer, de mémoire, l'air dont Léo Ferré a orné le poème de Rutebeuf. Au comble de l'émotion, il alla aussitôt l'étreindre, l'empêchant de poursuivre. S'il y eut jamais un moment où il voulut s'écrier «Je t'aime!», ce fut bien celui-là. Il ne dit rien pourtant en la prenant dans ses bras pour l'emporter vers la chambre qu'il avait fait réaménager à l'avant de la maison. Il alluma les trois bougies d'un chandelier fixé au mur. Neige s'étendit sur le lit, souriante, invitante; si faible que fût l'éclairage, il lui permit de voir ses lèvres remuer un «Je vous aime» silencieux et passionné.

Causapscal ouvrit la radio portative posée sur une table près de la fenêtre. Radio-Canada diffusait une

émission culturelle, bavardage interminable et maniéré
autour de la peinture moderne. Il syntonisa plusieurs
autres postes et arrêta finalement son choix à une station
radiophonique anglophone: Sally Sweetland chantait une
ancienne ballade:

> *It seems we stood and talked like this before*
> *We looked at each other in the same way then*
> *But I can't remember where or when...*
> *And so it seems that we have met before*
> *And laughed before, and loved before...*

Un certain atavisme avait rendu facile à Causapscal
l'apprentissage et la pratique de la langue anglaise: sa
grand-mère maternelle (qu'il n'avait pas connue) était
anglophone. Irlandaise catholique, Elizabeth Curry, jeune
fille d'une grande beauté, avait refusé dans sa jeunesse
d'épouser un jeune ingénieur britannique, protestant. Ce
dernier était employé du chemin de fer Intercolonial,
dont il dessinait le tracé dans la vallée de la Matapédia.
Éperdument amoureux, le jeune homme, qui vivait dans
un campement le long de la rivière, s'était aventuré, à la
fin du mois de novembre, sur la glace encore mince du
cours d'eau pour venir voir Elizabeth chez son frère, où
elle demeurait.

Après cette ultime et vaine tentative pour la faire
fléchir, il avait déposé sur les genoux de la jeune fille sa
montre et d'autres bijoux précieux et s'était enfui ensuite
dans la nuit.

Sur le chemin du retour, la glace avait cédé sous son
poids et l'on n'avait retrouvé son corps qu'au printemps.
On enterra le jeune ingénieur le long de la rivière où l'on
éleva un monument que l'on voit encore dans la forêt, et
qui porte l'inscription suivante:

IN MEMORY OF JOHN FREDERIC DARWALL
SECOND SON OF LATE I.W. DARWALL, M.A.,
OF SHOLDEN. KENT., ENGLAND.
ASSISTANT ENGINEER IN THE CONSTRUCTION OF

THIS RAILWAY, WHO WAS DROWNED IN CROSSING
THE ICE OF THE MATAPEDIA RIVER, 27th NOV. 1871
BORN 10th AUGUST 1835, BURIED 23rd JUNE 1872.

La mère de Causapscal lui avait raconté que, fillette,
elle avait vu par un beau matin d'été le train s'arrêter à cet
endroit pour y laisser descendre un homme et une
femme âgés, accompagnés de deux jeunes filles. Le
groupe, des parents venus de la lointaine Angleterre,
avait passé l'avant-midi près du tertre funéraire.

Après avoir relaté cette histoire à Neige, Causapscal
éteignit la radio et s'allongea sur le lit à ses côtés. Le
silence lui parut plus lourd encore que celui d'autrefois
chez son grand-père François-Xavier.

Mais quand Neige se pencha au-dessus de lui, son
sourire emplit la nuit d'une incandescente beauté et
d'une douceur infinie. Alors, il sombra dans une bienheu-
reuse somnolence qu'elle agrémenta de douces caresses
et il s'endormit enfin, tel un enfant dans son berceau.

Le lendemain matin, Causapscal ressentit la même gêne
qu'il avait éprouvée en s'éveillant auprès de Blanche, à
Percé. Ce qu'il aimait de Neige se situait en dehors de
l'ordinaire de la vie, et il n'aurait pas pu s'insérer avec elle
dans la suite des jours. Cette union du prosaïque et du
sublime, il l'avait réalisée avec sa femme, Odile, et leurs
trois enfants; jamais il ne la remit en question, pas plus
qu'il ne crut jamais possible de la recommencer.

La semaine suivante, des obligations professionnelles
empêchèrent Causapscal d'assister à l'enregistrement du
programme de Neige. Il ne la revit qu'un mois plus tard,
quand il vint à la ferme, en compagnie du réalisateur
Jean-François Lemire. Ils y passèrent tous les trois le
week-end à écouter de la musique et à visiter les environs. Le dimanche, Neige leur suggéra de rentrer à
Montréal en passant par Trois-Rivières. C'est ainsi que

Jean-François put voir son petit logement, rue de la Terrasse-Turcotte, et arpenter avec elle et Causapscal le vieux quartier des Ursulines. Ce dernier se flattait d'être follement aimé par Neige, mais sa vanité souhaita que quelqu'un fût témoin de la prédilection d'une si merveilleuse jeune fille: il choisit Jean-François, et il s'en targua d'autant plus que ce dernier était encore jeune et beau. En effet, à trente-cinq ans, Jean-Francois Lemire attirait les regards féminins. Homme de haute stature, son visage aux traits réguliers gardait, sous le masque de la maturité naissante, des traces de la jeunesse. Marié et père d'une fillette, Jean-François partageait avec Causapscal le goût de la musique et de la littérature, mais il n'éprouvait pas les mêmes scrupules face aux choses de l'amour et du sexe.

Les deux hommes regagnèrent Montréal en devisant sur les plaisirs de la vie à la campagne et sur les joies de leur fin de semaine. Causapscal dit qu'il songeait à emmener Neige en Gaspésie, où il envisageait de passer une semaine de vacances.

Neige exulta, un mois plus tard, quand Causapscal lui demanda s'il lui plairait de l'accompagner à Percé. Ils venaient d'entrer dans la chambre de *La Casa* de la rue Ontario, après avoir passé une heure à se pétrir les mains, assis à une table au *Faubourg Saint-Denis*. On était le dix juillet.

– La Gaspésie! Mais c'est merveilleux! J'y suis allée pour la première fois il y a deux ans, avec maman! Quand partons-nous? demanda-t-elle avec enthousiasme.

– Demain, si tu veux.

Causapscal avait attendu à la dernière minute pour lui proposer ce voyage. Il avait d'abord fallu que sa femme se montrât parfaitement d'accord avec son projet de partir à nouveau, seul. Mais surtout, il hésita longtemps parce que l'idée d'emmener Neige le troublait profondément. Pourrait-il supporter une telle complicité de bonheur?

Mais de quel autre bonheur s'agissait-il, puisqu'il était un homme heureux? Quelle félicité pourchassait-il? Il n'eut pas le loisir de se poser longuement la question: Neige le ficela dans une sensualité si enveloppante qu'il ne songea plus bientôt ni à la chambre numéro 12, ni à la rue Ontario, ni à ce quartier de Montréal qu'il affectionnait, et qu'il en oublia le clignotement du néon qui redisait dehors **La Casa**...

Autant on gelait l'hiver dans la chambre du *Tourist Room* de la rue Ontario, autant on y crevait l'été. En y entrant, Causapscal avait ouvert la fenêtre qui donnait sur la rue. La rumeur des voitures et des voix dehors lui rappela la découverte de la ville, autrefois: embrouillement, fouillis, imbroglio, confusion de bruits et de sons cacophoniques.

Le lendemain midi, Causapscal stationnait sa voiture dans la rue de la Terrasse-Turcotte. Quelques heures plus tard, Neige s'émerveillait devant la splendeur de l'île d'Orléans, que l'on voit des hauteurs de la route transcanadienne, lieu mythique chanté par Félix Leclerc. Tout le Québec ancien semble se résumer dans cette île enchanteresse qu'un ciel gris enveloppait d'une étrange luminosité.

— Ah! comme c'est beau! s'écria Neige, en apercevant au loin les montagnes de la Côte-Nord.

— Il y a partout, dans le monde entier, des beautés comparables, dit Causapscal. Puis il ajouta: «Mais celles-ci nous sont familières, elles parlent à notre cœur.»

À la hauteur de Saint-Jean-Port-Joli, il quitta la voie rapide et emprunta la route qui longe le fleuve. Il ralentit en passant devant l'atelier du sculpteur Médard Bourgault.

— J'ai acheté autrefois, ici, l'ébauche d'un christ miniature que je conserve précieusement. L'artiste m'avait accueilli dans son atelier, et je l'avais convaincu de me vendre l'objet en question, dit Causapscal. Il n'a jamais quitté, depuis, ma table de travail.

– J'aimerais tellement aller chez vous, voir l'endroit où vous vivez, dit Neige.

– C'est embêtant, avoua-t-il.

– Je sais, approuva-t-elle.

Ils poursuivirent leur route en silence durant quelques minutes. Causapscal rejoignit la transcanadienne et, en fin d'après-midi, il s'arrêta à Rivière-du-Loup, dans un hôtel dominant le fleuve.

Des îles s'étendaient sur les flots que l'on voyait de la chambre. Enthousiaste, Neige n'arrêta pas de s'émerveiller devant tant de beauté. Elle prit son violoncelle et en joua sur le balcon, alors que le soleil s'évanouissait au loin dans les eaux teintées de rouge et de violet.

Arraché à tout ce que la vie a de banal et de rassurant à la fois, Causapscal prit peur un moment. Il ne se trouvait plus en pays de connaissance, il flottait dans un monde devenu abstrait, plus léger que l'air et la vie même, détaché des amarres qui nous retiennent à la terre.

Cette nuit-là, malgré l'appréhension qui le tenaillait, Causapscal ne résista pas à l'impérieuse envie de se mêler à Neige : il franchit le mur de son corps désirable et s'enfonça dans une impénétrable forêt de violentes sensations. Pourtant, au moment même où ils furent parfaitement rivés l'un à l'autre, il n'arriva pas à se fondre en elle comme cela se produisait avec Odile, sa femme, la mère de ses enfants.

Neige gémit, non pas d'abord de plaisir sexuel, mais d'une joie infinie et diffuse : celle d'être aimée, investie, prise, captive, et celle enfin d'éprouver l'indicible fusion dont elle rêvait depuis le tout premier moment.

Ils s'endormirent dans les bras l'un de l'autre, et s'éveillèrent le lendemain étendus côte à côte, comme des gisants.

Ayant repris la route, ils virent le fleuve s'élargir au fur et à mesure qu'ils avançaient dans le Bas-Saint-Laurent : Cacouna, L'Isle-Verte, Trois-Pistoles, Le Bic et ses montagnes en pain de sucre. À Rimouski, au kiosque de renseignements touristiques, Neige prit des dépliants et acheta des cartes postales. Elle en écrivit une sur-le-champ à sa mère.

— Mais... sait-elle que...? bafouilla Causapscal.

— Je suis officiellement en voyage en Gaspésie avec une amie de Trois-Rivières, dit Neige, souriante. Puis elle lut le texte de sa carte :

Nathalie et moi faisons un beau voyage. Nous sommes à Rimouski, le ciel est bleu, la mer est verte, comme dans les vieilles chansons françaises !

Je t'embrasse... Neige

Ils roulèrent ensuite lentement vers Sainte-Flavie. Munie de son guide touristique, Neige en faisait la lecture à haute voix solennelle et amusée, quand ils entraient dans un village.

SAINTE-FLAVIE, population 972

Très près de l'eau, fortement exposée aux grands vents, cette localité se définit comme la porte d'entrée de la péninsule gaspésienne.

Puis elle riait comme une enfant. Causapscal voyait reluire l'ivoire de ses dents humides et s'émerveillait de l'éclat de sa jeunesse.

Les vitres baissées des portières laissaient pénétrer dans la voiture les effluves venant du large. Déjà les lèvres s'imprégnaient d'un goût de sel.

MATANE, population 13 243

Matane, mot d'origine Micmac, signifie « vivier du castor ». Un aménagement portuaire moderne (traversier-rail) maintient le lien économique avec la Côte-Nord.

Neige referma le guide touristique. Causapscal venait de stationner l'auto au bord de la mer. Ils dînèrent dans un restaurant, tout près.

— Nous dormirons ce soir à Mont-Saint-Pierre, dit-il en consultant sa carte routière. Neige approuva par le « Si vous voulez » habituel.

Puis ce furent Grosses-Roches, Les Méchins, Cap-Chat, où Neige voulut absolument voir de près le rocher en forme de félin auquel le lieu doit son nom.

Après avoir roulé encore une heure, ils virent le village de Mont-Saint-Pierre au détour de la route sinueuse coincée entre la mer et la montagne. Le soleil en cette fin d'après-midi d'été inondait la parfaite harmonie du paysage.

— C'est dans ce palais que nous logerons, dit Causapscal en montrant un motel défraîchi derrière lequel s'alignaient d'antiques cabines pour touristes.

— Regardez! s'exclama soudain Neige, qui venait de voir s'élancer du sommet de la montagne un deltaplane.

L'aile multicolore se découpa dans le bleu du ciel où elle évoluait en un vol libre d'une saisissante beauté.

— Allons voir notre gîte, suggéra Causapscal.

Neige préféra loger dans une des cabines, où se trouvait un petit poêle à bois. Après s'y être installés et avoir allumé le feu, ils arpentèrent la grève où d'énormes vagues venaient rouler leur musique hypnotique.

Devant eux s'étalait le golfe dont l'immensité en fait déjà la mer et derrière, la montagne dressait son mur de verdure au-dessus de la vallée que Neige baptisa «la vallée heureuse». Causapscal s'essouffla à la suivre sur la plage où elle courut à perdre haleine.

— Si on allait souper, dit-il quand elle vint se jeter dans ses bras. L'air du large m'a ouvert l'appétit.

Le pauvre restaurant où ils entrèrent avait le charme même de sa laideur. Ils y rencontrèrent un adepte de deltaplane, jeune homme blond et bronzé, à la carrure athlétique.

— Est-ce toi que j'ai vu tantôt dans le ciel? demanda Neige.

— C'est possible, dit le jeune athlète.

— Dis-moi comment on peut voler ainsi comme un grand oiseau.

Alors, il lui expliqua les vents et les voiles, parla de Léonard de Vinci, évoqua le vol d'Icare.

— Il ne faudrait pas que, comme lui, tu te rendes jusqu'au soleil, blagua Neige.

— J'aimerais bien, dit-il, amusé.

Elle rit alors d'une manière que Causapscal ne lui connaissait pas. Ce dernier, qui les écoutait avec bienveillance, envia un instant leur jeunesse à tous deux.

Le garçon lui apprit qu'il achevait des études en médecine et qu'il irait pratiquer, l'année suivante, en région éloignée.

— Comme mon fils, dit Causapscal.

— Votre fils?

Après quelques minutes, Henri Laflèche sut qu'il était en compagnie du père de Hugo Beauséjour, qu'il avait connu à l'Université de Montréal. Causapscal l'invita à venir prendre un verre, durant la soirée, à la cabine.

— Je jouerai du violoncelle pour toi, dit Neige.

— Si ça ne vous ennuie pas, je viendrai avec une amie.

— Alors, je jouerai du violoncelle pour vous, précisa-t-elle, en accentuant le vous.

— J'aime beaucoup la musique, et elle aussi.

— Ça tombe bien, Neige est une virtuose, dit Causapscal.

— N'exagérons rien, protesta-t-elle.

— Je suis sûr que tu joues très bien, dit Henri Laflèche.

L'amie du jeune Laflèche s'appelait Léane. Elle avait, comme lui, l'allure sportive. Étudiante en médecine, elle aussi, elle se passionnait également pour le vol libre.

Le soir, le couple d'étudiants vint donc à la cabine entendre le violoncelle de Neige. Elle en joua durant une demi-heure.

Le doux crépitement du feu de bois dans le poêle se mêlait à la musique, et la rumeur des vagues sur la grève, tout près, semblait faite pour accompagner les partitions romantiques qu'elle choisit.

— Merci, dirent Léane et son amoureux, quand Neige eut terminé.

— C'était aussi envoûtant qu'un vol plané, ajouta le jeune Laflèche, avant de partir.

Durant la soirée, Causapscal n'avait cessé de s'interroger sur la distance qui sépare les générations. Assis près du poêle dont il entretenait le feu, il observait Neige: en compagnie de deux jeunes gens de son âge, elle adoptait des attitudes différentes et empruntait tout naturellement leur vocabulaire.

Avant d'aller dormir, Neige et Causapscal se promenèrent sur la grève. Dans la nuit étoilée, debout au bord des flots, ils s'étreignirent longuement. Causapscal, envahi d'un vague à l'âme douloureux, appela à son aide la Voie lactée et les lointaines et invisibles galaxies. Il rêva comme autrefois, la nuit, aux fenêtres du dortoir du séminaire de Nicolet, à des mondes infinis. Neige ne souffrait pas d'une telle inquiétude métaphysique, et elle vécut ces moments d'intégration cosmique avec une tranquille ferveur.

Là, sur la plage, alors que scintillaient au large les lumières d'un cargo, elle s'agenouilla devant Causapscal et lui arracha le cri qu'elle aimait entendre, écho du chant d'amour dont il la priva toujours.

Puis ils rentrèrent à la cabine, tous les deux frémissants dans la fraîcheur de la nuit gaspésienne.

Neige et Causapscal s'étonnèrent de constater, le lendemain matin, qu'un épais crachin leur cachait les beautés de la veille. Ils saluèrent Léane et Henri Laflèche, qu'ils avaient invités à déjeuner, et reprirent la route. Une heure plus tard, la brume se dissipa et, à midi, ils purent admirer le promontoire sur lequel s'élève l'église du village de Grande-Vallée. La route, en cet endroit, serpente dans des cols de montagnes. Ils s'arrêtèrent un moment à la halte routière d'où l'on voit le village juché sur la falaise qui avance en demi-cercle dans la mer. De nombreux touristes se pressaient sur le belvédère, leur appareil-photo en bandoulière, des parents maugréaient contre l'audace d'enfants qui s'approchaient dangereusement du précipice, des amoureux paradaient en s'embrassant avec impudeur et un groupe de personnes du troisième âge se faisait photographier devant l'autobus qui les emmenait en Gaspésie.

– Ça serait peut-être mieux si on se plaçait devant le paysage, suggéra une vieille dame.

– L'autobus nous a coûté assez cher, y mérite au moins une photo! déclara l'organisatrice du voyage, une femme imposante, débordante d'enthousiasme et de bourrelets. Les vieilles personnes éclatèrent de rire, comme des adolescents.

«Souriez! Souriez!» supplia une femme malingre en s'apprêtant à prendre la photo. On entendit alors, répétés à satiété, la sempiternelle allusion au «petit oiseau» et le «cheese» américain que formulaient les membres du groupe.

La plupart des hommes portaient des chemises fleuries qui n'eussent pas déparé un paysage hawaïen, et les femmes, en plus grand nombre, arboraient des tons pastel réservés autrefois aux petits enfants. Les shorts de plusieurs d'entre elles révélaient leur grand âge avec plus de cruauté que ne l'eût fait leur extrait de baptême.

Causapscal poursuivit son chemin vers Petite-Vallée, Cloridorme, Rivière-au-Renard, L'Anse-au-Griffon et Cap-des-Rosiers, où ils prirent un nouveau moment de répit.

Neige lut à haute voix:

CAP-DES-ROSIERS

C'est de ce cap qu'un officier aperçut en 1759 la flotte de Wolfe et dépêcha immédiatement un courrier vers Québec. Un nombre impressionnant de naufrages sont survenus à cet endroit.

– Dommage que les navires de Wolfe n'aient pas été du nombre, ajouta Causapscal.

Ils se trouvaient à l'extrême pointe de la péninsule gaspésienne, face au golfe et à l'océan Atlantique.

– Là-bas, c'est l'Europe, d'où sont venus nos ancêtres, dit Causapscal. De France, d'Angleterre, d'Irlande ou d'ailleurs. Tu as vu l'Europe? demanda-t-il.

– Non, répondit Neige, mais j'en rêve. Puis, après un moment, elle dit joyeusement: «Allons-y ensemble, voulez-vous?»

– Rendons-nous d'abord à Percé, répondit Causapscal, enjoué.

Ils furent bientôt sur la route qui côtoie la magnifique baie de Gaspé et, en fin d'après-midi, ils aperçurent dans le lointain le rocher Percé et l'île Bonaventure.

BARACHOIS

Le mot barachois vient de la déformation de « barre à choir », banc de sable entourant une lagune et sur lequel les pêcheurs échouent leurs barques. Ces estuaires, où se mélangent l'eau douce de la rivière et l'eau salée de la mer, fourmillent de poissons et attirent les oiseaux à la recherche de nourriture.

Ayant déclamé cela, Neige constata qu'en effet d'innombrables oiseaux de mer tournoyaient au-dessus des eaux basses où l'on voyait des joncs, des plantes et des fleurs marines.

Après avoir traversé Coin-du-Banc, Causapscal emprunta la route tortueuse qui grimpe dans le massif dominant le village de Percé et du haut duquel on découvre, spectacle à nul autre pareil, la proue gigantesque du Rocher, navire de pierre ocre échoué près du rivage.

En bas, le village étale ses maisons au hasard du plateau vallonneux, et des petits caps se soulèvent vers la mer, vers l'île et le Rocher auxquels ils étaient rattachés, dans des âges préhistoriques. Le temps et l'espace, ici, s'enroulent dans les eaux infinies et s'inscrivent dans la pierre immémoriale.

PERCÉ

Centre de villégiature réputé.

Neige n'alla pas plus loin dans sa lecture. Elle se lova contre Causapscal, muette d'admiration devant tant de splendeur. Ils descendirent la côte du pic de l'Aurore avec une extrême lenteur.

La cohue des touristes emplissait la rue principale; autos, tentes-caravanes et roulottes motorisées se succédaient à l'entrée des hôtels et des terrains de camping, cependant que les vacanciers envahissaient les restaurants et les boutiques.

Causapscal avait réservé une chambre donnant sur la mer, à l'auberge du *Pirate*. On lui donna la même que l'année précédente. Il frémit légèrement en y pénétrant, mais Neige se montra ravie.

— C'est absolument merveilleux! s'écria-t-elle.

— Je suis heureux que ça te plaise, dit Causapscal en posant sur le lit une malle qu'elle enleva aussitôt. Elle se saisit alors littéralement de lui et le fit rouler sur l'édredon en répétant: «Ah! que je suis heureuse et comme je vous aime!» Puis elle fit perler en cascades ce rire d'enfant, argentin et limpide, qui chaque fois le faisait tressaillir.

«Allons souper», dit-il en voulant se défaire de son emprise, mais elle le retint longuement contre elle, lui chuchotant à l'oreille à quel point il la comblait de bonheur.

Le soleil avait disparu derrière le mont Sainte-Anne quand ils quittèrent l'auberge pour aller manger en face, dans un petit restaurant aménagé à une extrémité du Centre d'Art. L'atmosphère du lieu leur rappela les cafés de la rue Saint-Denis; de nombreux jeunes gens reprenaient en chœur des airs à la mode que l'un d'eux jouait approximativement sur un vieux piano désaccordé.

— Demain, j'apporterai mon violoncelle.

— J'espère que l'endroit sera moins bruyant, souligna Causapscal.

— Ils m'écouteront, dit Neige, sentencieuse et amusée.

De retour à l'auberge, Causapscal et Neige prirent une consommation au salon, puis ils montèrent à la chambre. Dès lors, il sut qu'il ne passerait pas la semaine à Percé: un épouvantable sentiment de culpabilité l'envahit. Répétant le geste de sa mère, Neige alla se placer dans la lucarne et devint, comme elle, une ombre. Vite, il alluma une lampe, pour que lui apparaisse la jeunesse de Neige, pour voir le teint de son visage, si lumineux qu'on l'eût dit éclairé de l'intérieur; pour voir surtout le sourire limpide qui l'absolvait de tous les péchés.

– Regarde-moi, supplia-t-il.

Des larmes coulaient sur les joues de Neige quand elle se retourna.

– Je suis si heureuse, murmura-t-elle, si heureuse!

Incapable de supporter plus longtemps de se trouver avec elle dans cette chambre, il la consola gentiment de son excès de bonheur et lui dit: «Viens, allons dehors.»

Tout conspirait contre l'esprit de Causapscal. Il se sentait aussi impuissant à s'abandonner à un amour coupable qu'à s'y soustraire; seuls les charmes ineffables de Neige rendaient tolérable son mal exquis.

Après avoir arpenté silencieusement la promenade le long de la mer, ils flânèrent au bar de l'auberge. Causapscal commanda un carafon de vin rouge et s'enivra légèrement en buvant la moitié d'un deuxième.

Ils dormirent cette nuit-là comme frère et sœur.

Le soleil se leva tôt le lendemain sur la mer et inonda la chambre. Étrangement, Causapscal s'éveilla le cœur léger. Neige dormait auprès de lui, pâle, abandonnée, chaude, inoffensive, *cheveux épars, chairs nues*, comme la Cyprine d'amour du *Vaisseau d'or* de Nelligan.

Il ne la réveilla pas, laissa une note sur le lit et descendit prendre le petit déjeuner sur la terrasse. Quelle ne fut pas sa surprise d'y apercevoir Aristide Landerneau, attablé devant une plantureuse assiette d'œufs et de bacon. Sa surprise, mais aussi sa joie: une tierce personne l'arrachait à l'emprisonnement amoureux. Il respira d'aise.

– Loges-tu à l'auberge? s'enquit Causapscal.

– Non, mais j'y viens prendre le petit déjeuner. Cela me donne l'impression d'être au-dessus de mes affaires.

Le dernier roman de Landerneau n'avait pas eu le succès prévu. Les critiques avaient manifesté des réserves et le public, peu d'intérêt.

– C'est un accident de parcours, philosopha le jeune et prodigieux écrivain.

– Tout de même, fit remarquer Causapscal, ton téléroman ne marche pas si mal.

– C'est une écriture alimentaire qui n'a rien à voir avec mon œuvre. Mais il faut bien vivre, soupira Aristide.

Comme il faisait un temps splendide, des clients de l'auberge et des visiteurs déjeunèrent nombreux dehors; l'on vit bientôt arriver Neige, vêtue d'une jupe paysanne aux couleurs vives et d'un ample chandail dont l'encolure laissait voir la courbe fine du cou et la délicatesse des épaules.

Elle resta un instant dans la porte de la terrasse, jeune fille insouciante dans la lumière éclatante de ce matin de juillet.

Juillet… La Gaspésie… Percé…

Causapscal vit s'avancer la silhouette lumineuse de Neige, surréelle comme l'amour qu'elle lui inspirait. Il songea alors qu'elle donnait à l'existence une densité qu'on ne retrouve que dans la littérature ou la musique, qu'elle résumait toutes choses, comme dans un poème ou dans une séquence cinématographique.

Neige reconnut en s'approchant le jeune romancier et dramaturge. Landerneau se leva quand elle fut près de la table.

– Mais… s'exclama-t-il, étonné, c'est l'Ange d'octobre!

– Et de juillet, enchaîna Causapscal.

– Eh bien, ajouta Neige en riant, cela me laisse dix mois pour être l'ange d'autre chose.

Ils causèrent de tout et de rien. Au bout d'une heure, une jeune femme, vêtue d'une manière excentrique, vint vers eux. C'était Loulou Lanthier, comédienne, vedette du téléroman d'Aristide Landerneau, qu'elle accompagnait à Percé.

– Enfin, tu es levée! lança Aristide.

– Tu me fais passer des nuits blanches et tu voudrais que je sois, le matin, fraîche comme une rose, se plaignit Loulou, sur un ton qui révélait ses qualités d'actrice. Où allons-nous aujourd'hui? demanda-t-elle ensuite à Aristide.

Avant que ce dernier n'ait eu le temps de répondre, elle dit à Neige qu'il l'entraînait chaque jour dans des excursions épuisantes.

– Hier, nous sommes allés à l'île Bonaventure et nous avons marché des kilomètres.

– Deux kilomètres, précisa Aristide.

Loulou poursuivit sur sa lancée en ajoutant que l'avant-veille, ayant atteint le trou du Rocher à la marée montante, ils avaient presque dû revenir à la nage.

– Elle dramatise tout, expliqua Landerneau.

– Le jour de notre arrivée, enchaîna l'actrice, il a voulu voir la mer du haut du mont Sainte-Anne. J'en ai encore des ampoules aux pieds!

Avant de partir avec sa vedette, Aristide apprit à Causapscal que le poète Philippe Langevin avait loué une maison dans le rang de l'Irlande et qu'ils devaient s'y rendre le soir même.

– Tu devrais venir avec nous, suggéra-t-il.

– Pourquoi pas…

– J'apporte le vin, précisa Landerneau.

– Et moi, qu'est-ce que je peux apporter? demanda Causapscal.

– Viens avec l'Ange d'octobre, nous serons comblés.

– Qui est l'Ange d'octobre? demanda Loulou, intriguée.

– C'est moi, dit Neige.

– Ah… fit l'actrice, avec une moue légèrement dépitée.

– Je viendrai vous prendre à l'auberge ce soir à huit heures, dit Aristide en s'éloignant avec Loulou à son bras.

La journée se passa en promenades dans le village de Percé et sur la plage rocailleuse près du quai, où accosta dans l'après-midi un voilier arrivant de Québec. Les touristes s'agglutinèrent pour voir débarquer un homme et une femme dans la quarantaine avec leurs enfants, un garçon d'une vingtaine d'années et une adolescente. Les quatre plaisanciers avaient l'allure de personnages illustrant une publicité de vacances dans des îles exotiques. Ils provoquèrent des Oh! et des Ah! d'admiration et d'envie parmi les curieux.

Dans la rue principale, les boutiques de souvenirs ne désemplissaient pas. Neige et Causapscal virent sortir de l'une d'entre elles le groupe de l'Âge d'or du belvédère de Grande-Vallée. Une dizaine de femmes portaient déjà le tee-shirt arborant la silhouette du célèbre Rocher et le mot **PERCÉ**, d'autres brandissaient comme des trophées des objets de pacotille: goélands miniatures en plastique, coquillages transformés en cendriers, bateaux devenus lampes de chevet ou poissons «sculptés et peints à la main». Plusieurs hommes coiffaient l'inévitable casquette de capitaine achetée au même endroit.

Aristide, ponctuel, vint chercher Neige et Causapscal à l'auberge, à l'heure dite. La brunante leur permit d'admirer, en montant dans le rang de l'Irlande, les formes devenues imprécises du Rocher en bas et la silhouette sombre de l'île Bonaventure au loin. La voiture s'arrêta devant une maison délabrée, mais qui présentait l'avantage d'offrir une vue imprenable sur la mer. Le poète et son égérie, Yvonne Tremblé, une femme dans la quarantaine, se trouvaient sur le perron.

À trente ans, Philippe Langevin avait déjà publié de nombreux recueils et on le considérait comme un chef de file des jeunes poètes québécois. Né en Abitibi, il se disait exilé à Montréal depuis l'âge de seize ans. Sa vie et son œuvre se confondaient déjà dans une légende qu'il tissait patiemment dans le milieu des lettres et des arts en général, car il écrivait aussi des textes de chansons que mettaient en musique des grands noms de l'industrie du spectacle; il avait en outre exposé dans une galerie à la mode, l'année précédente, des toiles que certains critiques avaient vantées. Causapscal avait souvent invité Langevin à l'une ou l'autre de ses émissions; aussi ce dernier l'accueillit-il avec chaleur. La soirée fut un échange de reparties tour à tour amusantes ou incisives entre le poète et le romancier.

— Et cette jeune beauté, lui arrive-t-il de parler? demanda Langevin en désignant Neige.

Depuis une heure, en effet, elle écoutait, silencieuse, le feu roulant de la conversation.

— Elle est perdue dans ses pensées, décréta Aristide Landerneau.

— Elle aurait tout lieu de l'être plutôt dans les vôtres, opina Yvonne Tremblé, la compagne du poète.

Mariée autrefois à un homme d'affaires dont elle avait hérité la fortune, après sa mort accidentelle, Yvonne, qui avait rêvé de théâtre dans sa jeunesse, faisait de ses jours une continuelle mise en scène. Maternelle, elle se montrait généreuse avec Philippe Langevin, comme elle l'avait fait avec ses précédents compagnons de vie: un peintre, qu'elle avait sorti de la misère, un comédien sans talent qu'elle n'avait pas réussi à arracher à son homosexualité et un jeune violoniste qu'elle avait tenté par tous les moyens de faire embaucher à l'Orchestre symphonique de Montréal. «J'aurais réussi, si j'avais été anglaise», répétait-elle, les soirs où elle avait bu. Sans être alcoolique, Yvonne s'enivrait souvent, mais toujours légèrement. «Juste ce qu'il faut pour avoir à nouveau trente ans», disait-elle. Elle en eut, ce soir-là, un peu moins. Debout au milieu de la pièce, statuesque comme une diva dans son cafetan rouge, elle récita des œuvres de «son» poète et se risqua même à chanter l'une de ses chansons.

Elle trépigna d'enthousiasme en apprenant que Neige était musicienne et insista pour qu'on aille chercher son instrument. Après l'avoir entendue, elle déclara: «Je vous prends sous mon aile!»

Neige et Causapscal rentrèrent à l'auberge tard dans la nuit.

Un ciel sans nuages succéda, le lendemain, à un avant-midi brumeux. Quand le soleil illumina enfin le paysage percéen, un désir qu'il trouva d'abord sacrilège s'insinua dans l'esprit de Causapscal: retourner à la minuscule baie sablonneuse où l'avait entraîné Blanche, à Saint-Georges-de-la-Malbaie. Il revoyait le champ couvert de fleurs dominant la mer et le sentier menant à la petite plage cachée. Le souvenir du délire voluptueux qu'il y avait connu l'obsédait. Il s'imaginait en ce lieu secret, avec Neige à ses côtés, dans la lumière vibrante, et il n'arrivait pas à chasser des désirs honteux qu'il repoussa d'abord de toutes ses forces. Ses jambes faiblirent quand il fut sur le quai, précisément à l'endroit où il avait rencontré Blanche, l'année précédente. Au fur et à mesure que passaient les heures se précisait dans son esprit la vue sublime que l'on a du Rocher, depuis la petite baie, là-bas.

Une heure plus tard, Neige et lui s'y trouvaient.

— Je suis venue ici avec maman, dit-elle. Il y a là, devant nous, une petite plage secrète. Venez, s'écriat-elle.

Et elle entraîna Causapscal vers l'endroit rêvé.

Neige posa par terre une large serviette blanche striée de rayures jaunes. Causapscal bascula dans le temps : le même bleu du ciel, les mêmes marguerites et la mer identique, le bruit semblable des vagues, le cri toujours le même des goélands, des mouettes et des fous de Bassan, le parfum salin de la mer, le vent du large infiniment pareil, tout se confondait dans la poussière lumineuse et impalpable de la vie même.

— C'est plus beau encore qu'il y a deux ans, murmura Neige.

Debout face à la mer, elle contemplait dans le lointain le superbe Rocher qu'environnait un léger brouillard bleuté.

En proie à une trop vive émotion, Causapscal expiait à chaque seconde ce luxe de bonheur : être avec Neige dans la beauté des choses. Ce n'est pas avec des désirs sexuels qu'il se débattait, il luttait plutôt contre la densité impénétrable de l'existence. Sa nature et son éducation puritaine lui interdisaient de jouir tranquillement de la béatitude des sens. Mais le païen lui-même en tire-t-il plus de plaisir ?

Ceux qui se moquent de l'espérance d'un au-delà, s'ils souhaitent parfois mourir en serrant une dernière fois contre eux un corps désirable, c'est que toute étreinte contient une part de l'éternité qu'ils injurient.

Neige se tourna vers Causapscal et ajouta son sourire à la splendeur de l'été.

Dire «Je t'aime» à quelqu'un est peut-être la suprême prière humaine, mais Causapscal s'interdit cette ultime joie, de crainte qu'elle ne fût profanatrice.

Curieusement, cet après-midi-là, Neige ne se répandit pas, comme elle le faisait souvent, ni en mots ni en gestes d'amour. Au bout d'une heure de tendresse, ils rentrèrent à l'auberge où ils avaient invité à souper le poète Langevin et sa compagne.

Yvonne Tremblé portait un décolleté si plongeant qu'elle s'attira les regards outrés d'une clientèle bourgeoise. Cela ne l'empêcha pas de manifester sa gaieté naturelle et de faire éclater à tout propos, durant le repas, son rire communicatif. En fin de soirée, elle ne voulut pas quitter l'auberge avant d'avoir entendu à nouveau le violoncelle de Neige. Celle-ci s'exécuta dans le salon attenant à la salle à manger. Le récital impromptu attira une petite foule de curieux qui applaudirent chaudement.

Après avoir bu un dernier verre, le poète et sa muse quittèrent les lieux. Causapscal souhaitait s'attarder au bar, mais Neige lui dit: «Montons, voulez-vous.»

Autant elle avait manifesté de la retenue tout au long de la journée, autant elle se montra alors passionnément amoureuse. Elle fit des comparaisons poétiques entre l'amour et la musique, parla d'absolu et d'élévation de l'âme et s'endormit enfin, brûlante, au creux de l'épaule de Causapscal. Le lendemain matin, anéanti par une nuit d'amour, ce dernier décida de quitter Percé. «Nous rentrerons plus lentement, nous arrêtant en chemin», expliqua-t-il. «Si vous voulez», dit Neige.

Après le petit déjeuner, ils prirent la route. Il tombait une pluie grise et douce. Neige consulta son dépliant touristique: L'Anse-à-Beaufils, Cap-d'Espoir, Grande-Rivière, Petit-Pabos.

— Comme les noms des villages sont jolis en Gaspésie, dit-elle.

Ils furent bientôt à New Carlisle. Neige lut:

Village typiquement anglophone, les descendants des loyalistes composent une bonne partie de sa population. Chef-lieu administratif au XIXe siècle.

Ils roulèrent encore une heure avant de s'arrêter à Carleton, dans la Baie-des-Chaleurs, pour y prendre le dîner.

La pluie avait cessé. Quelques mini-catamarans et de nombreuses planches à voile sillonnaient la baie, taches de couleurs vives dans la grisaille.

— Les navires de Jacques Cartier ont mouillé dans cette baie qu'il a baptisée lui-même «Baie-des-Chaleurs», dit Causapscal.

Neige ignorait cela, n'ayant pas étudié dans les anciens manuels d'histoire du Canada.

Quand ils quittèrent Carleton, des trouées bleues se formaient dans les nuages.

Pointe-à-la-Garde, Pointe-à-la-Croix, Restigouche, Matapédia.

Sous un soleil éclatant, la route leur offrait le rude paysage des forêts et des montagnes emprisonnant la rivière Matapédia.

— Regardez! s'exclama soudain Neige.

— Quoi donc? demanda Causapscal.

— Votre prénom! dit-elle.

— Oui, bien sûr, c'est mon prénom.

— Sur un panneau routier? demanda-t-elle, médusée.

— C'est-à-dire que c'est le nom du village dans lequel nous entrons et où nous allons nous arrêter.

N'ayant fait qu'une fois le tour de la Gaspésie, Neige n'avait pas remarqué le village dont Causapscal portait le nom.

— Nous dormirons ici ce soir, dit Causapscal. Je connais une charmante petite auberge. Là, regarde!

L'auto grimpa une côte abrupte et s'arrêta devant le balcon d'une maison blanche à pignon, entourée de grands arbres.

Causapscal loua une chambre au rez-de-chaussée du *Gîte de la Vallée*, puis il fit voir à Neige, dans les environs, les beautés que les touristes pressés ne connaîtront jamais; il lui raconta l'histoire de sa naissance et le choix que sa mère avait fait de son prénom; il lui dit que le célèbre journaliste Arthur Buies avait en quelque sorte révélé ce coin de terre aux Québécois, à la fin du siècle dernier, qu'il en avait vanté les beautés et les richesses du sol; il lui apprit aussi qu'un capitaliste anglais, Lord Mount Stephen, président du Canadien Pacifique, avait su profiter des largesses du gouvernement d'Ottawa pour faire établir le tracé et construire le chemin de fer qui relie les provinces Maritimes au cœur du pays, que l'homme retourna ensuite vivre et mourir dans son Écosse natale, après avoir fait fortune au Canada.

— Comment savez-vous toutes ces choses? demanda Neige.

— Je les ai lues dans une monographie publiée l'année de ma naissance par un curé québécois ou, plutôt, canadien-français, comme on disait en ce temps-là.

Ils se trouvaient au sommet d'une colline dominant le paysage.

— Le Lord est retourné chez lui, dit Causapscal, songeur, mais nous sommes encore là. Nous reprenons lentement possession de ce qu'il a usurpé.

Ils redescendirent au village où ils flânèrent dans les rues en pente et le long de la rivière. Après le souper, ils retournèrent admirer le paysage du haut des collines environnantes. Les brumes du soir s'étiraient en longues nappes au fond de la vallée qu'envahissait lentement la nuit. Les formes de toutes choses s'estompèrent graduellement, puis apparurent les lumières scintillantes de l'agglomération villageoise. Causapscal se souvint d'une chanson apprise au séminaire de Nicolet. Il en fredonna le début à Neige:

Quand notre Laurentie se glisse dans la nuit
Sous un ciel blanc d'étoiles
Comme en un pré fleuri...

— Les textes de ces vieilles chansons, dit-il, ont la naïveté des Québécois d'autrefois. Je suis de ce temps-là. Cela explique pourquoi je m'émeus parfois de choses simples. On me l'a souvent reproché et l'on s'est aussi moqué de moi à cause de cela.

— Eh bien, on a eu tort! décréta Neige.

Ils revinrent à leur gîte qu'ils quittèrent tôt, le lendemain.

Amqui, Val-Brillant, Sayabec, Mont-Joli, Sainte-Flavie.

Ce fut le fleuve à nouveau, qu'ils traversèrent à Rivière-du-Loup. Neige fut enchantée que Causapscal s'arrête chez un de ses amis, peintre renommé, à Baie-Saint-Paul. Ils y prirent le souper avant de poursuivre leur route jusqu'à Québec. Causapscal avait réservé une chambre dans un de ces petits hôtels du quartier historique de la Vieille Capitale, à l'ombre du Château Frontenac. Neige trouva le lieu romantique et lui fit promettre de l'y ramener un jour.

On était en plein cœur de l'été. Les vieilles rues de Québec fourmillaient de touristes, et la terrasse Dufferin s'animait du spectacle que la foule se donne à elle-même. Dans la bousculade joyeuse et anonyme, ils étaient animés l'un et l'autre de sentiments bien différents: l'insouciance de la fête sied à la jeunesse, et Neige s'y livra totalement, mais Causapscal éprouvait les réticences que l'on a, passé la cinquantaine, à se mêler sans réserve à la joie collective. S'il aimait s'abandonner dans l'intimité aux rêves les plus fous, les inventer au besoin et pousser à son paroxysme le sentiment d'exister parfaitement, les excès d'une multitude le paralysaient. Déjà, enfant, il ressentait de la gêne à voir son père jouer du violon au milieu d'une bande de fêtards, dans une soirée au village, et il trouvait indécents leurs rires et leurs cris.

Très tôt dans la vie, Causapscal n'aima de troupeau que celui des vaches: jamais il n'entendit ni un cri ni un rire dans ce troupeau-là...

– Rentrons, suggéra-t-il, au bout d'une heure.

– Si vous voulez, dit Neige.

La fête, dehors, avait aiguisé chez elle des appétits de fusion que Causapscal ne voulut pas satisfaire, malgré les «Je vous aime» qu'elle multiplia dans l'espoir de voir comblés les désirs insatiables de sa jeunesse.

Causapscal Beauséjour ne fut libéré de l'extrême tension subie durant ces jours qu'en arrivant, le lendemain après-midi, à la ferme de Saint-Léonard.

– J'irai te conduire, demain, à Trois-Rivières.

– J'aimerais mieux ce soir, si vous voulez, dit Neige.

Elle manifestait pour la première fois le désir de devancer leur séparation. En même temps qu'il en fut soulagé, Causapscal éprouva un léger pincement au cœur.

– Comme tu voudras, dit-il. Je comprends très bien que tu veuilles, toi aussi, retrouver ton chez-toi.

Il conduisit Neige à Trois-Rivières. Avant son départ, elle l'étreignit avec une ardeur qui le rassura, lui redit sa joie d'avoir partagé avec lui des heures et des jours délicieux.

Plutôt que de retourner à Saint-Léonard, Causapscal rentra chez lui le soir même. Il retrouva avec soulagement son quartier d'Outremont, sa femme, sa maison, son bureau à l'étage et ces choses familières qui ne prennent tout leur sens qu'après nous avoir manqué un certain temps.

Dans sa cellule de la Trappe, Causapscal Beauséjour frémit en lisant les notes qu'il a prises au lendemain de son périlleux voyage en Gaspésie.

Toutes choses m'apparaissent fades en dehors des sensations que me procure cette relation amoureuse. Pourtant, il m'a été impossible, tout au long de ce voyage par ailleurs merveilleux, d'éprouver une joie tranquille.

L'obscurité envahit la chambrette de l'abbaye. À la fin de cette quatrième journée de retraite, Causapscal reste plongé dans les ténèbres d'une passion amoureuse dont il cherche encore à démêler le fouillis inextricable.

LE CINQUIÈME JOUR

La messe matinale s'achève. Plutôt que de suivre les prières liturgiques dans son missel, Causapscal répète machinalement le *Je vous salue, Marie* appris dans son enfance. Parfois, au moment où il redit «vous êtes bénie entre toutes les femmes», lui apparaît un visage féminin aux traits réguliers et délicats; à la surface de la peau, d'une pâleur extrême, semble courir un imperceptible frémissement lumineux. Le blanc mat de la rétine donne à l'iris noir des yeux un relief extraordinaire, hypnotique.

Le souvenir de Neige hante Causapscal jusque dans ses prières, et pourtant il a décidé qu'il détruirait aujourd'hui le cahier qui ne parle que d'elle, les lettres aussi qu'elle lui a adressées et les quelques photos qu'il a conservées secrètement entre les pages d'un livre, comme on le faisait autrefois d'images pieuses, de feuilles d'érable aussi ou de fleurs qu'on y faisait sécher.

L'idée de se défaire bientôt de tous ces souvenirs accentua chez Causapscal l'émoi avec lequel il les retrouva une dernière fois. Il plaça devant lui le petit dessin que son ami peintre lui avait remis, lors de leur passage à Baie-Saint-Paul. Pendant que Neige leur jouait un morceau, ce dernier avait fait d'elle un fort joli croquis: quelques traits de crayon où l'on voit la tête de la jeune fille penchée sur l'instrument qu'elle maintient entre ses jambes.

Causapscal revoit dans cette esquisse l'apparition de Neige, à l'appartement de Blanche, et il maudit cette vision qu'il a d'abord bénie.

N'avait-il pas suffi qu'il rencontre la mère et s'égare avec elle parmi les rêves épars de leur jeunesse? Avait-elle ouvert la voie à sa fille en réveillant chez lui le désir d'amours extravagantes? Causapscal rage en ce moment, en proie à la plus vaine colère, celle qui ne trouve aucun objet à fracasser, aucun arbre à abattre et nulle autre personne que soi-même à accuser. Avant cette histoire avec Blanche et sa fille, il n'avait connu de la vie que la surface lisse, agrémentée par les petits incidents ou événements de l'existence: un peu de sel ici, un peu de poivre là. Aucune passion déchirante n'avait troublé jusque-là sa poursuite d'un bonheur tranquille pour lui et les siens.

Les grandes choses, il les avait rêvées, et si le monde avait changé autour de lui, son être tout entier roulait sur les mêmes pôles anciens. Au milieu de son désarroi, il avait la certitude qu'il n'y a pas d'homme nouveau. Il l'a cru pourtant un moment et il s'est réjoui que la jeunesse de ses enfants soit débarrassée des mille tabous qui ont encombré la sienne. Il lui a fallu sombrer avec Neige pour comprendre que les nouvelles présomptions reposent sur les mêmes sables mouvants que les anciennes.

Quand Causapscal avait retrouvé Blanche, tout les avait ramenés au temps d'autrefois et ils parlaient un même langage. Peut-être est-ce pour cela qu'il accepta à quelques reprises de la revoir. Un jour, elle lui avait téléphoné à Radio-Canada, dans l'après-midi, et elle avait insisté pour qu'il vînt la rejoindre, à l'heure du souper, dans un restaurant du centre-ville. Mais Causapscal avait rendez-vous avec Neige, dans un café de la rue Saint-Denis. Il avait prétexté des obligations professionnelles pour refuser son invitation.

– Alors, viens me voir plus tard, chez moi, avait-elle suggéré.

– C'est que je ne sais pas si...

– À l'heure que tu voudras, je t'en prie, insista-t-elle.

Rien n'est plus émouvant qu'une voix suppliante, au téléphone.

– Je serai là à minuit, dit-il.

Causapscal dépassa, pendant cette soirée, des limites émotives qu'il ne croyait jamais atteindre. À huit heures, Neige arriva, rayonnante, au *Faubourg Saint-Denis*. Le réalisateur Jean-François Lemire l'avait jointe au téléphone, le jour même, pour l'inviter à participer de nouveau, cette fois en compagnie d'un jeune pianiste, à l'une de ses émissions, le mois suivant.

– Il vous l'a dit, sans doute? demanda-t-elle, en apprenant la chose à Causapscal.

– Non, répondit-il.

– Ah! fit-elle. Je croyais que...

– Il n'a pas à le faire, enchaîna Causapscal. Je ne suis ni son patron ni ton imprésario.

Neige cessa de manifester sa joie.

– Vous viendrez me voir à l'enregistrement, n'est-ce pas? demanda-t-elle.

– Bien sûr, dit Causapscal.

– Jean-François m'a assuré qu'il pourrait m'aider à me trouver un emploi dans l'enseignement à Montréal. Croyez-vous qu'il a raison?

– Probablement. Il est mêlé de très près à ce monde-là.

– Je viendrai vivre à Montréal, nous nous verrons plus souvent.

– Sûrement, oui.

Voyant l'air préoccupé de Causapscal, Neige se leva et dit doucement: «Venez». Puis elle se dirigea vers la sortie. «Venez», dit-elle à nouveau.

Et elle l'entraîna vers la rue Ontario.

Seul le néon de *La Casa* éclatait de la couleur vive que l'on retrouve au cinéma; tout dans les environs se perdait dans la grisaille. La vie réelle ne ressemble en rien au technicolor cinématographique, et les scènes n'en sont pas soutenues par une musique écrite expressément pour elles. On chercherait en vain, dans la chambre où Neige et Causapscal viennent d'entrer, un objet digne de figurer dans un film. Le metteur en scène devrait les faire disposer lui-même savamment dans ce décor misérable: la minable serviette blanche, près du lavabo, serait plutôt d'un bleu royal, il remplacerait le pâle couvre-lit usé par un autre qui ferait une grande tache orangée dans la pièce et, sur les murs, au lieu d'un calendrier de La Quincaillerie Moderne, on verrait une reproduction des célèbres *Tournesols* de Vincent Van Gogh.

Rien de tout cela dans cette triste chambre. Il faut s'aimer beaucoup pour s'aimer ici. Ou encore être soûl, ou très malheureux. Ou les deux à la fois.

Ni ivre ni malheureux, mais moins follement troublé que lors de leurs visites précédentes, Causapscal referma la porte derrière lui. Au lieu d'une touchante musique de film, il entendit du vacarme dans le corridor: un homme et une femme s'engueulaient plus vertement encore que dans les pièces de théâtre de Michel Tremblay, se lançant au visage, mêlée à des jurons, leur misère réciproque.

– Comme tout cela est pénible, murmura Causapscal.

Neige vint l'encercler de ses bras graciles et l'attira vers le lit sur lequel ils roulèrent tous les deux.

Distrait par la promesse qu'il avait faite à Blanche de la retrouver chez elle à minuit, Causapscal répondit fort mal aux élans de Neige. Pour la première fois, elle ne le gratifia pas du plaisir ultime qui clôturait leurs ébats. Au bout d'une heure, ils quittèrent les lieux, et elle retourna à Trois-Rivières.

Causapscal prit un café dans un bistro et se dirigea ensuite vers la rue Papineau.

– Enfin, c'est toi! dit Blanche en lui ouvrant. Entre vite. Je craignais que tu ne viennes pas.

– Il n'est que minuit moins cinq... Pourquoi tenais-tu tellement à me voir ce soir? demanda Causapscal.

– J'ai perdu mon emploi, dit-elle, d'une voix éteinte.

– Quand donc?

– Aujourd'hui.

– Mais comment... on ne t'avait pas prévenue...?

– Aucunement. C'est un congédiement sauvage, gémit-elle. Puis, elle se jeta dans ses bras.

Une épouvantable frayeur envahit Causapscal. Il venait à peine de quitter l'étreinte de Neige, et il craignit que la mère ne sentît le parfum de sa fille sur sa peau. Mais surtout, la situation scabreuse dans laquelle il pataugeait le remplit d'une sorte de dégoût vertigineux.

Causapscal avait réussi jusque-là à échapper aux pièges amoureux de Blanche et à garder à leurs rencontres un simple caractère d'amitié. Mais cette fois, effondrée, en pleurs, elle s'accrocha à lui, réclama toutes les tendresses et l'attira dans les voies toujours fascinantes des souvenirs émouvants de leur jeunesse. «N'est-ce pas que nous nous sommes aimés?» répéta-t-elle, comme elle l'avait fait à Percé. Elle pleurait des larmes dont Causapscal ne pouvait dire si elles étaient de peine ou de joie, et il lui mentit à nouveau. Il reconnut dans la passion amoureuse excessive de la mère celle de la fille, et il fit avec elle, pour qui il n'avait que de l'affection, l'amour refusé à Neige, qu'il adorait.

Causapscal n'éprouvait pas avec Blanche de craintes paralysantes: elle avait passé l'âge d'enfanter. Et puis, son corps n'avait plus le frémissement de la jeunesse: il y reconnaissait le moelleux et les légères rondeurs d'Odile; aussi éprouva-t-il pour elle une grande tendresse. Ce sentiment apaisa quelque peu le mépris de lui-même qui l'avait envahi durant les caresses préliminaires, mais il quitta le logement de la rue Papineau en se jurant de n'y plus jamais remettre les pieds.

Curieusement, à la veille de se défaire du cahier dans lequel Causapscal a noté toutes ces choses, cet épisode est celui dont il se souvient avec le plus d'indulgence.

Il en va tout autrement avec Neige, qu'il aurait dû fuir dès le premier regard. Jusque dans l'enfer même de cet amour sans origine et sans fin, nulle culpabilité n'effleura le cœur de Causapscal avant la catastrophe finale. Qui donc assura l'engrenage du mal et l'y précipita, alluma le brasier dans lequel il se consuma durant ces jours? Succomba-t-il aux jouissances primaires de la sexualité ou au ravissement que procure la sensation d'être hors du temps? À moins qu'il n'ait cherché à effacer cette première fois où il s'était refusé à l'abandon avec une femme, dans un logement de la rue Saint-François-Xavier, à Trois-Rivières. Rappelez-vous:

Séduit par la beauté de cette femme qui déréglait son imagination, l'ancien séminariste vibrait d'une excitation diffuse. Pourtant, au moment même où elle s'offrait à lui se dissocièrent le sentiment amoureux et le désir sensuel. L'illusion de verticalité qu'il avait entretenue jusque-là se dissipa et, au lieu de monter vers l'indicible, il y descendit.

*Quand il fut torse nu, elle l'attira vers elle. Il ferma les yeux à demi mais il vit le teint pâle et satiné et, **surtout**, il perçut l'ébauche d'un sourire énigmatique sur ses lèvres. Il eût voulu parler, exprimer les émotions qui le secouaient, montrer à cette jeune femme le fond de son être, lui dire qu'il hésitait, qu'il ne désirait plus faire l'amour, mais il était paralysé tandis qu'elle le violait doucement, convaincue du désir qui le ravageait.*

Causapscal n'a pourtant de cette femme nulle souvenance. Il ne l'a jamais revue, depuis ses vingt ans. Dans sa mémoire où elle a disparu, elle renaît au moment où il tente de s'expliquer l'inexplicable. Il cherche le prénom:

«Ah oui! Elle s'appelait Chantal, je crois.» Un visage d'une grande pâleur et des paupières lourdes, à demi fermées sur des yeux pleins de langueur, se superposent à l'image de Neige.

Puis, un souvenir plus lointain émerge: celui de la couventine de Nicolet qui *illumina l'après-midi de novembre sombre et pluvieux où il avait accompagné un confrère, externe, chez ses parents. Il la regarda s'éloigner, fasciné par ses jambes fines et sa démarche princière.*

Et cet autre, plus ancien encore: *À dix ans, la mère d'un de ses copains au village le fascinait. Svelte et rayonnante, elle embellissait ses lèvres pulpeuses de rouge. Il enviait son ami de pouvoir se blottir dans les bras d'une femme qui éveillait en lui, secret inavouable, des sentiments troubles et les premiers désirs, aussitôt refoulés.*

Et celui-là enfin, flou, qui se fraie péniblement un chemin dans sa mémoire: *Enfant, sa mère ne lui a jamais donné son bain nu...*

Causapscal entrait avec son caleçon dans la cuve que la mère avait placée au bout du poêle et dont elle avait tempéré l'eau en y versant le contenu d'une bouilloire. Parfois une de ses grandes sœurs venait lui faire sa toilette et, à la fin, elle détournait la tête en disant: «Lave-toi en dedans», ce qui signifiait qu'elle n'osait toucher à ses parties génitales. Humilié, l'enfant s'exécutait tant bien que mal.

La première fois qu'il s'était retrouvé avec Neige dans la chambre de *La Casa*, elle s'était emparé de l'objet de sa honte enfantine et l'avait rétabli dans la dignité en répétant en même temps: «Je vous aime!»

Dès lors, libéré d'un secret inexprimable, plutôt que de descendre vers l'indicible, il eut toujours l'illusion, avec elle, d'y monter.

Les gestes de l'amour, Neige les accomplissait avec extase, comme si elle était transportée par les sens dans un monde sans rapport avec eux. Tout semblait alors s'immobiliser et se condenser jusqu'à l'infiniment petit en elle, régresser vers un commencement, une éclosion, une naissance. Si leurs échanges amoureux provoquaient parfois chez Causapscal une douloureuse oppression, ils plongeaient Neige dans une douce jubilation et elle s'y adonnait avec une application soutenue, insensible aux lieux et aux circonstances. Quand il se rendait chez elle, à Trois-Rivières, il s'étonnait qu'elle pût passer sans transition du violoncelle aux baisers les plus voluptueux, de l'occupation la plus esthétique aux plaisirs érotiques. Dans ces moments-là, on eût dit qu'elle accédait à une surréalité telle que les mécanismes mêmes de l'amour lui semblaient indifférents.

Une deuxième année passa sans que diminue la passion amoureuse de Neige et de Causapscal. Ils se voyaient régulièrement, tantôt chez elle, parfois dans la sordide chambre de *La Casa*, et, à quelques reprises, à la ferme de Saint-Léonard. Il leur arrivait aussi, quand Neige venait à Montréal, de partir en balade. Un jour, Causapscal prit la direction de Rougement, qu'elle ne connaissait pas. On était à la fin de septembre.

Une lumière tiède enrobait le paysage. Ils s'arrêtèrent d'abord à Chambly, dans un petit parc devant la mairie. Là, parmi des arbres, se dresse un monument au Sieur de Salaberry, héros de la bataille de Chateauguay. Neige ne connaissait ni le héros ni la bataille qu'il livra à l'envahisseur américain, le 26 octobre 1813.

Ils roulèrent ensuite vers Rougemont, admirant les masses déjà rougeoyantes des monts isolés dans la plaine. Le village de Richelieu s'offrit à leurs yeux quand la voiture enjamba, sur une voie élevée, le canal Chambly. Ils aperçurent la rivière scintillant sous le soleil, le clocher de l'église dominant les feuillages colorés et, aux alentours, un paysage pastoral d'une grande quiétude.

Après Marieville, on devinait déjà les plantations de pommiers au flanc de la montagne, là-bas. Dans un champ, des goélands tournoyaient autour du tracteur d'un fermier occupé au labourage, et de légères nuées de fumée s'élevaient çà et là où l'on brûlait des feuilles mortes ou des plantes desséchées.

Dans les immenses vergers, les pommiers parfaitement alignés ressemblaient à d'énormes bouquets, leurs branches pliaient jusqu'au sol sous le poids des fruits surabondants, rouges, verts ou jaunes, comme des boules d'arbres de Noël.

— Comme c'est beau! s'exclama Neige.

— Ça l'est encore davantage au printemps, quand les pommiers sont en fleurs.

— Nous y viendrons, n'est-ce pas?

— Sûrement, dit Causapscal, heureux d'être responsable de la joie de Neige.

— On se croirait au paradis terrestre, dit-elle.

— Eh bien, s'il y avait autant de pommiers, on ne doit pas s'étonner qu'Ève ait offert une pomme à Adam.

— Et si elle était aussi belle que celle-ci, dit Neige en lui offrant un fruit superbe, pas surprenant qu'il y ait mordu.

Ils croquèrent tous les deux dans la pulpe ferme et juteuse, puis elle l'enlaça et ils s'embrassèrent furieusement, mêlant leur salive au goût acidulé et sucré de la pomme.

Ils revinrent à Richelieu et longèrent la rivière jusqu'à un restaurant situé devant des chutes où les eaux se séparent pour contourner des îlots magnifiques: d'un côté, elles descendent en cascades après avoir sauté un petit barrage et, de l'autre, les îles retardant leur cours, elles bouillonnent en de nombreux remous avant de se mêler enfin au flot qui continue son chemin.

Neige et Causapscal se perdirent un moment dans la contemplation de ce décor de rêve: chute d'eau et cascades ondoyantes dans la lumière filtrée de cette fin d'après-midi d'automne, mouettes survolant le bassin, arbres et arbustes au feuillage plein d'innombrables touches d'ocre, de rouge et de mauve, et tous les tons de jaune et d'orangé. Au-delà de ces bosquets multicolores, des petits nuages s'effilochaient dans un ciel bleu pâle et l'on voyait, sur l'autre rive, de vieilles maisons perdues dans la verdure mordorée.

L'automne réserve chaque année aux Québécois des heures de douceur, il les enveloppe dans la légèreté de l'air et la profusion des coloris de la nature. Même si, au pays de son enfance, les arbres ne s'empanachent pas aussi glorieusement que dans les Laurentides, dans l'Estrie ou la Beauce, Causapscal a toujours ressenti un amollissement de l'être durant ces jours où les champs et les forêts, les prés et les bosquets vibrent de tous les fards sous un soleil caressant; l'enchantement de l'automne, il l'a toujours vécu comme ces excès de bonheur qui nous affligent tout autant qu'ils nous réjouissent, parce qu'ils marquent des limites à ce que nous voudrions infini. En ce jour d'une suprême beauté, Neige aviva ses sensations et lui rendit, quoique imparfaitement, le je-ne-sais-quoi d'irremplaçable qui anime notre jeunesse.

En fin d'après-midi, Neige et Causapscal rentrèrent à Montréal et mangèrent dans un café de la rue Saint-Denis, mais elle ne suggéra pas de se rendre à *La Casa*. Vers neuf heures, elle retourna à Trois-Rivières.

À l'automne, la reprise des activités radiophoniques, comme celle de la télévision et du spectacle en général, implique chaque année un surcroît de travail et des situations imprévues. Une semaine après avoir vécu ces heures délicieuses avec Neige, Causapscal dut se rendre à Québec pour assister à une rencontre organisée par un groupe d'écrivains de la Vieille Capitale. À dix heures du soir, plutôt que de rentrer à son hôtel, il décida de prendre la route de Trois-Rivières, attiré irrésistiblement par l'idée de surprendre Neige dans son sommeil: elle l'accueillerait avec empressement, chaude et alanguie; lui visiterait ses rêves. Une heure et demie plus tard, il sonnait à sa porte. Causapscal s'étonna qu'elle mît si

longtemps à répondre. Sans doute dormait-elle profondément, et il se reprocha un moment de ne pas l'avoir
prévenue.

Plongé dans la lecture de son journal, Causapscal
hésite à tourner la page. Il sait qu'il y lira une dernière
fois des lignes auxquelles il aura encore du mal à croire.

Enfin, elle vint ouvrir.
Alors survint le drame, la catastrophe, le désastre. En
m'apercevant elle s'évanouit. Je la pris dans mes bras et
l'emmenai précipitamment dans sa chambre où je me
trouvai face à face avec Jean-François Lemire, en train
d'enfiler précipitamment son pantalon. Tout s'embrouilla
dans mon esprit, la terre cessa instantanément de
tourner, je fis un effort surhumain pour ne pas échapper
mon fardeau, j'avançai péniblement jusqu'au lit défait
sur lequel je faillis tomber moi-même en y déposant
Neige. Malgré moi, je pensai: « C'est vrai qu'elle est toute
chaude, brûlante, et que je l'ai surprise dans ses rêves. »
Pétrifié, je restai un moment agenouillé près du lit. Le
profil de son visage m'apparaissait comme celui d'un
cadavre dans sa tombe, blême, décoloré. Derrière moi,
Jean-François dit des phrases que je ne compris pas. Mes
lèvres tremblaient, mes yeux voulaient pleurer mais ne le
pouvaient pas. Tout était mort en moi où ne monta ni
haine ni colère. Je me levai enfin et quittai les lieux sans
dire un mot.

Causapscal revint à Montréal cette nuit-là en proie au
pire tourment: un mal insoutenable dans l'âme, un feu
dans la poitrine, qui brûle mais ne consume pas. Celle en
qui il avait mis toutes ses complaisances, qu'il avait
outrageusement magnifiée et par qui toutes les joies lui
étaient venues, **Neige**, n'existait plus.

Instantanément, ce qui le justifiait d'aimer sans culpabilité s'était volatilisé, et d'un coup s'évanouirent aussi les
aberrations de pureté qu'il avait entretenues. Pourtant,
tout au long du voyage, il resta stupidement incrédule,

allant jusqu'à se poser la question: ont-ils vraiment fait l'amour? Il sourit lui-même de ce qu'une interrogation si naïve effleure son esprit et il se trouva ridicule. Alors, le masochisme amoureux s'empara de lui et il imagina Neige et Jean-François au milieu de l'amour: oui, elle s'était offerte; oui, il l'avait prise; oui, ils avaient été soudés l'un à l'autre; oui, elle avait gémi sous ses assauts passionnés.

Causapscal connaissait bien Jean-François Lemire, il savait que ce dernier plaisait aux femmes et aimait les séduire. À quelques reprises, ils avaient parlé ensemble de l'amour et son jeune collègue s'était moqué gentiment de son idéalisme. «Moi, quand une fille veut faire l'amour, avait-il dit, je m'en voudrais de ne pas lui accorder la faveur qu'elle me demande.» Cette phrase résonnait à l'oreille de Causapscal, alors qu'il approchait de Montréal.

De même qu'un meurtrier a du mal à ne pas revenir sur les lieux de son crime, l'amoureux résiste difficilement au désir de revoir l'endroit où son cœur a battu le plus fort. À deux heures de la nuit, Causapscal arriva au *Faubourg Saint-Denis*. L'air hagard et l'esprit incapable de formuler une pensée, il resta une heure attablé devant la bière qu'il avait commandée. Un pan de lui-même s'effondrait, tout dérivait en une débâcle fracassante, tandis qu'autour de lui des noctambules faisaient la fête.

Il s'acharna, non pas à nier l'évidence, mais à la transmuer, souhaitant quelque miracle, espérant contre toute espérance. Tout son être se tendait vers Neige; allait-elle, une fois encore, abolir le temps, ainsi qu'elle en avait le don?

Causapscal rentra chez lui au milieu de la nuit, comme l'enfant prodigue de l'Histoire Sainte revint à son père, après avoir dû garder les pourceaux. Soudain, la réalité de son existence l'investit de nouveau et il en porta tout le poids dont Neige l'avait allégé. C'était cela le drame: que le merveilleux n'existât plus, que la vie redevînt ordinaire et que tout n'ait été qu'un songe, comme dans une berceuse que lui chantait sa mère autrefois:

Ferme tes jolis yeux, car les heures sont brèves
Au pays merveilleux, au beau pays du rêve
Ferme tes jolis yeux, car tout n'est que mensonge
Le bonheur n'est qu'un songe, ferme tes jolis yeux.
Mais Causapscal s'étonna surtout d'être habité par un lourd et tenace sentiment de culpabilité, comme si tous les baisers de Neige eussent été sacrilèges et qu'il eût péché avec elle contre l'univers entier.

Hier encore, le mot adultère ne m'était jamais même venu à l'esprit, et voilà qu'il m'obsède maintenant.

Causapscal avait formulé dans son cahier le désir d'oublier Neige au plus tôt et souhaité qu'elle n'eût jamais existé. Mais ces vœux furent impuissants à calmer son cœur: si l'on peut aimer dès le premier regard, nulle désaffection n'est instantanée. Du reste, dès le lendemain les choses prirent une tournure inattendue.

LE SIXIÈME JOUR

Causapscal n'avait pas détruit son journal la veille, comme il se l'était promis. Il n'en avait pas terminé la lecture quand il s'endormit, au son d'un enregistrement d'œuvres pour piano d'Eric Satie, par Aldo Ciccolini.

Après avoir assisté, à huit heures, à l'office de Tierce, il revint à sa chambre, qu'emplissait une splendide lumière d'automne. Il s'approcha de la table et lut dans son journal :

N'ayant jamais vécu d'autre histoire amoureuse que celle qui me lie à Odile depuis trente ans, dans la continuité des jours et l'harmonie des sentiments, je n'imaginais pas que l'amour puisse donner lieu à tant de violence.

Si Causapscal savait jusqu'où conduit l'envoûtement du cœur, il ignorait les extrêmes que peut atteindre une femme passionnément amoureuse. Le lendemain de son cauchemar nocturne, Neige l'attendait à son bureau quand il revint de dîner. Elle avait le visage défait, les yeux rougis. Ses mains tremblaient. Elle lui avait téléphoné dans la matinée, mais il avait refusé de répondre. Causapscal comprit en la voyant à quel point il l'aimait, et pour la première fois il vit en elle, bien qu'il détestât le mot, une maîtresse. Mais il éprouva surtout le sentiment accablant et desséchant de la tristesse amoureuse. Tout ce qui, la veille encore, transfigurait ses sentiments aujourd'hui les abîmait. Neige, elle-même défigurée, demanda d'une voix chevrotante:

— Pourquoi n'avez-vous pas voulu me parler cet avant-midi? Suis-je subitement devenue galeuse?

— Ne dis pas cela, je t'en prie.

— Pourquoi vous êtes-vous enfui, la nuit dernière, alors que je venais de m'évanouir devant vous?

Causapscal resta interdit. Comment osait-elle poser une telle question! Après s'être ressaisi, il dit méchamment:

— À moins d'avoir rêvé, je crois qu'il y avait quelqu'un pour prendre soin de toi, non?

— Mais c'est à cause de vous et non pas de lui que j'ai perdu connaissance, dit Neige.

Causapscal, abasourdi, ne sachant que répliquer à un tel raisonnement, succomba au désir qu'a presque toujours l'amoureux dépité de faire souffrir.

— Oui, bien sûr, dit-il. Quelle nuit d'amour théâtrale: défaillir dans les bras d'un amant et s'évanouir ensuite aux pieds de l'autre. A-t-il eu au moins l'honnêteté de t'informer que c'est moi qui t'ai transportée dans ta chambre, dans le lit où vous veniez de faire l'amour? Car vous veniez de faire l'amour, n'est-ce pas?

— Pourquoi me posez-vous la question? demanda doucement Neige.

— Pour que tu me répondes! dit-il rudement.

— Quel besoin avez-vous de me l'entendre dire...?

— Parce que si tu m'affirmais le contraire, je te croirais, m'entends-tu!

Causapscal élevait la voix, cherchait un point d'appui raisonnable dans cette conversation absurde. Puis, il baissa le ton pour ajouter: «Oui... je serais fou à ce point-là... parce que je t'ai trop aimée...»

— Vous ne me l'avez jamais dit, murmura Neige.

— Ah non...? fit Causapscal, se voulant narquois.

– Non, répéta Neige, jamais vous ne me l'avez dit. Elle
ajouta sur un ton infiniment triste: «Pas même une fois.» Il
n'y avait aucun reproche dans sa voix, mais un immense
chagrin. Elle se leva et arpenta la pièce, s'approchant
insensiblement de Causapscal, comme une épave dérive
lentement vers un rivage. Lui ne bougeait pas – l'eût-il
voulu qu'il en eût été incapable –, paralysé par une
étrange violence dans la poitrine, plus grande encore que
celle qui rugit et fait de grands gestes et se débat au
milieu de blasphèmes. Comme la nuit précédente, il lui
sembla que la vie même restait en suspens, devenait
abstraite, décomposée comme dans une toile de Picasso,
défaite et molle comme les montres de Dali.

Tout lui disait pourtant l'imminence du danger et
l'urgence de se soustraire à ce cauchemar, car Neige
s'approchait de lui: il voyait ses yeux à travers leurs larmes,
ses narines frémissantes, ses lèvres sèches et tremblantes,
la peau si blanche de son visage fiévreux. Il lui fallait
s'empresser de la chasser avant qu'elle le touche, qu'elle
mette sa main sur son bras, sinon il resterait muet.

Il songea à cette phrase de Mauriac qu'il avait lue
dans le train l'emportant de Trois-Rivières à Québec, le
jour de son entrée au grand séminaire: «Un amant, s'il a
l'esprit métaphysique, est toujours un amant désespéré...» Et il revit les deux jeunes filles amusées de le voir
embarrassé dans sa soutane.

Quand Neige fit un geste vers lui, il s'empressa de dire:

– De toute façon, quoi qu'on fasse, tout est fini maintenant.

Alors, elle s'accrocha à lui en gémissant entre des
sanglots spasmodiques:

– Non, non, c'est impossible... je ne veux pas... on ne
peut pas, comme ça, subitement...

– À quoi bon...

– Tout ne peut pas finir alors que vous venez de me
dire, pour la première fois, que vous m'aimez! Promettez-
moi que nous nous reverrons! Vous viendrez me voir,
n'est-ce pas?

Neige posa ses mains brûlantes sur le bras de Causapscal; des perles de rimmel coulèrent sur ses joues d'une pâleur extrême. Alors il ne désira plus que chérir, aimer, étreindre et posséder. Son corps se souvint de tous les plaisirs, et son âme, de toutes les effusions.

Il dit oui.

Neige ne demanda plus rien. Elle resta longuement blottie contre Causapscal, silencieuse et immobile, comme si elle craignait qu'il se volatilise. Sans bouger lui non plus, il dit:

— J'aimerais que tu m'écrives une fois rentrée à Trois-Rivières.

— Pourquoi, si vous devez venir chez moi?

— Justement, je n'irai pas avant d'avoir reçu un mot de toi.

— Que voulez-vous que je vous dise? demanda-t-elle.

— Je veux savoir pourquoi tu as fait...

Causapscal hésita un moment. N'osant pas prononcer le mot «amour», il dit: «Je voudrais savoir pourquoi tu as fait cela.»

— Je vous écrirai, dit Neige.

Le téléphone sonna dans le bureau. Causapscal trouva la force d'ironiser:

— Tu voles des minutes précieuses à la société Radio-Canada.

— Elles ne peuvent pas l'être autant pour elle que pour moi, dit Neige. Elle se dirigea vers la porte du bureau qu'elle referma après avoir répété avec ferveur: «Je vous écrirai.»

Neige retourna à Trois-Rivières, sinon le cœur léger, du moins soulagée et heureuse du résultat de sa démarche. Peut-être valait-il la peine de tant souffrir pour s'entendre dire que l'on vous aime? Elle avait espéré si souvent, en vain, que Causapscal lui murmure ces mots à l'oreille!

Sitôt rentrée chez elle, elle écrivit la lettre suivante:

Mon bien-aimé,
Rien d'autre que notre amour ne serait arrivé si vous
m'aviez dit, une fois seulement, que vous m'aimiez. Mais
à force de ne jamais l'entendre, j'en avais conclu que je
n'étais pour vous qu'une agréable compagne et que je
m'abîmais en vain à vous aimer.
Ce qui s'est malheureusement produit nous plonge,
vous et moi, dans le malheur, et cela est sans doute une
ascèse pour l'élévation de nos âmes. La mienne est plus
légère depuis qu'elle a entendu dans la bouche de son
bien-aimé les paroles sublimes.
Je vous aime et je m'endormirai ce soir en ne pensant
qu'à vous.

Neige

Dans sa chambrette de la Trappe, Causapscal relit
attentivement une dernière fois cette lettre qu'il connaît
par cœur.

Les mots manuscrits semblent chargés d'un sens que
n'a pas la parole, comme s'ils dessinaient les contours
mêmes de l'âme; quand il avait lu ceux-ci la première
fois, une ombre lumineuse s'était infiltrée dans l'obscurité
où il avait été subitement plongé.

Alors même qu'elle venait d'anéantir l'illusion de
pureté dont il s'était bercé à son sujet, Neige l'entretenait
de l'élévation de leurs âmes, elle l'appelait «mon bien-
aimé», mêlant à son langage amoureux celui de la passion
des mystiques. Objet d'une telle adoration, il succomba à
la tentation de vouloir la rétablir dans son innocence
première, pour se justifier de l'aimer encore et toujours,
pour être à nouveau racheté par elle et jouir d'un amour
démesuré.

Cette lettre de Neige fut le premier obstacle contre
lequel il trébucha dans les voies tortueuses qu'em-
pruntent tous les amoureux blessés, à la poursuite d'un
rêve chimérique.

Le jour même où il reçut cette missive, Causapscal
accourut à Trois-Rivières. Les mots de Neige avaient

momentanément diminué l'amertume de son cœur: elle l'aimait, lui seul, elle s'était évanouie en le voyant paraître, elle avait téléphoné le lendemain et, devant son refus de lui parler, elle avait fait le trajet jusqu'à Montréal, l'avait attendu dans son bureau, avait pleuré et gémi devant lui et, le soir même, elle lui avait écrit qu'il était son bien-aimé.

Pourtant, chemin faisant, les mêmes questions lancinantes torturèrent son esprit: Pourquoi? Comment avait-elle pu se donner tout entière?

Il préférait l'idée qu'elle ait succombé à des sentiments amoureux plutôt qu'à la seule passion sensuelle. Comme il ne pouvait pas l'imaginer faisant l'amour avec un homme qu'elle n'aurait pas chéri profondément, il en vint à se convaincre qu'elle aimait Jean-François.

Causapscal espérait revenir chez lui pour l'heure du souper. Il fila à vive allure sur l'autoroute, dans la lumière d'une superbe journée du début d'octobre. Il se rappela son premier voyage, l'émoi qui l'avait saisi en revoyant les lieux de son adolescence et de sa jeunesse. Mais il ne s'attarda pas, cette fois, à contempler la silhouette de la ville dans laquelle il entra rapidement pour se retrouver au plus tôt dans la rue de la Terrasse-Turcotte. Il avait téléphoné à Neige pour lui annoncer sa venue et elle l'attendait dehors. Elle courut vers lui dès qu'elle l'aperçut. Il trouva indécente sa mine réjouie et il l'accueillit plutôt froidement, mais elle se jeta dans ses bras avec une telle chaleur qu'un instant, il fut heureux.

Ils montèrent vite à l'appartement. Neige avait acheté des fromages et le vin qu'il aimait. Elle se montra primesautière, agissant comme si rien de tragique n'était arrivé entre eux.

– J'ai reçu ta lettre, dit enfin Causapscal.

– Je sais, oui.

– Elle ne répond pas aux questions que je me pose.

– Pourquoi vous posez-vous des questions? demanda-t-elle.

Neige avait une façon de désamorcer un sujet de conversation qui déconcerta souvent Causapscal.

Mais, cette fois, elle n'échapperait pas à son inquisition.

— Est-ce que tu aimes Jean-François Lemire? demanda-t-il en détachant de façon théâtrale chacune des syllabes de sa question. Et si tu ne l'aimes pas, continua-t-il, pourquoi t'es-tu donnée à lui?

— Je ne lui ai rien donné, je vous assure!

— Il ne t'a tout de même pas violée?

— Mais non...

— C'est donc toi qui t'es offerte?

— Mais non...

— Est-ce que c'était la première fois?

— Vous me questionnez comme si j'étais une criminelle, gémit Neige. Je vous l'ai écrit, je croyais que vous ne m'aimiez pas.

— Cela ne change en rien le fait que tu aies aimé...

— Mais je ne l'ai pas aimé et je ne l'aime pas! protesta-t-elle.

— Tu peux donc faire l'amour ainsi, avec n'importe qui?

— Mais... Jean-François n'est pas n'importe qui ...

— Et tu l'appelles Jean-François?

— C'est son nom, dit naïvement Neige.

— Alors que tu ne m'as jamais appelé Causapscal!

Seuls les amoureux savent déchiffrer le message que leurs attitudes, souvent, révèlent mieux encore que le plus sincère aveu. Causapscal continua son interrogatoire tyrannique, guettant les moindres réactions de Neige bien plus qu'il n'écoutait ses réponses, presque toutes évasives. À la fin, accablée, elle se répandit en pleurs et en gémissements, frappa de ses poings le tapis du salon et s'y roula ensuite en se lamentant:

— Je maudis à jamais cette journée où il est venu chez moi, m'entendez-vous! Me croyez-vous, surtout?

Lui-même survolté, Causapscal tenta de calmer Neige, mais elle continua à se répandre en lamentions pathétiques. Enfin, elle se ressaisit pour expliquer:

— Je l'avais invité, par politesse, après la dernière émission.

— Ici, chez toi? s'étonna Causapscal.

– Mais, oui…

– Avoue au moins que tu avais un penchant pour lui.

– Je le trouvais sympathique, sans plus.

– Et tu fais l'amour, comme ça, avec les hommes que tu trouves sympathiques? ironisa Causapcal.

– Vous êtes méchant, se plaignit Neige.

Elle pleura de nouveau, mais doucement cette fois, comme si elle était vidée de toutes ses énergies. Elle trouva pourtant la force de poursuivre:

– Nous avons bu un peu de vin et, pendant la soirée, il m'a interrogée.

– Pas à notre sujet, j'espère?

– Mais non, sur mes études, ma vie, mes amis. Je lui ai raconté que j'avais été malheureuse…

– Et il a voulu te consoler, enchaîna Causapscal.

– J'étais triste. Nous nous voyons trop rarement, vous et moi, et il se trouvait là, alors que j'avais soif d'amour et un besoin criant de fusion. Il m'a entouré de ses bras et…

– Je devine le reste, coupa Causapsal.

– Non, non, n'allez pas imaginer …

– Qu'ai-je besoin d'imaginer, interrompit-il. C'est toujours le même scénario banal, n'est-ce pas? La voix grave et chuchotante, Causapscal poursuivit: «Vous étiez l'un et l'autre frémissants, vos corps se sont rapprochés, vos mains se sont jointes, le désir (mais quel désir?) vous a envahis, vos lèvres se sont touchées… »

– Arrêtez! supplia Neige.

Mais Causapscal enchaîna, tendu, débitant son monologue avec une extrême lenteur sur un ton monocorde:

– Le silence entre vous s'est alourdi jusqu'à devenir intolérable. Alors, tu t'es levée et tu as mis sur le tourne-disque une musique que tu aimes, du Ravel ou du Debussy, du Mozart peut-être. Vous avez vidé ensuite la bouteille de vin, il s'est approché de nouveau, il t'a entourée de ses bras et là…

– Vous vous tourmentez inutilement, dit Neige.

– Que je me tourmente, c'est évident. Est-ce inutile, cela, je ne le sais pas.

Enfin, la tempête se calma et ils répétèrent le scénario classique que venait de décrire Causapscal. Bafouant l'évidence de leurs âmes malheureuses, ils partirent à la recherche de cet « autre chose » qu'entrevoient à travers leurs larmes tous les amoureux du monde. Elle invita Causapscal sur la moquette qu'une heure plus tôt elle martelait de rage et de désespoir, lui dit précisément qu'avec lui c'était *autre* *chose*, qu'elle n'avait pas connu avec Jean-François l'ascension et le vertige éprouvés auprès de lui, que c'est **lui** qu'elle désirait, pendant que l'autre l'aimait.

« Tais-toi ! » dit Causapscal.

Elle poursuivit : « C'est vous que j'étreignais de toutes mes forces, alors qu'il s'acharnait et s'épuisait en moi. Je fermais les yeux pour mieux vous voir et ne penser qu'à vous. Il m'a prise, oui, mais, non, je ne lui ai rien donné, il n'a pas réussi à étancher ma soif. C'est à vous que je donne tout et plus encore que je ne possède. »

Tandis que, haletante, elle murmurait ces mots à l'oreille de Causapscal, ses pieds heurtèrent le violoncelle, appuyé contre une chaise. L'instrument résonna sourdement en basculant près d'eux. Sans se relever, Neige saisit l'archet et le passa aveuglément sur les cordes dont elle tira des sons étranges, pendant qu'elle caressait les cheveux de Causapscal en l'appelant « mon bien-aimé » d'une voix doucement désespérée. Quand elle voulut le gratifier sexuellement, comme elle le faisait d'habitude, il s'y refusa. Il la transporta plutôt dans le lit où il l'avait déposée, lors de la nuit fatidique. Il l'entendit se plaindre : « Mon père ne m'a jamais prise dans ses bras, ne m'a jamais bercée. »

Causapscal s'assit sur le bord du lit avec Neige à moitié nue sur ses genoux, et il la consola longuement en lui chantonnant :

Dors, mon ange, mon adoré bel ange
Viens avec moi sous le ciel pur
Chanter un refrain doux...

Il crut qu'elle dormait quand il l'étendit délicatement sur les draps défaits, mais, sans ouvrir les yeux, elle le retint auprès d'elle. La pâleur extrême de son visage lui fit craindre qu'elle s'évanouisse de nouveau. À peine murmura-t-elle dans un souffle : « Mon bien-aimé, vous que j'attendais depuis toujours, je vous en prie, venez en moi… »

Le langage de l'amour humain, surtout quand il est désespéré, ressemble étrangement à celui des amants de Dieu. La supplique de Neige rappela à Causapscal un cantique au Saint-Esprit qu'il chantait, enfant, à l'église de Saint-Léonard-d'Aston, et dont le refrain disait :

Ô Saint-Esprit venez en nous
Embrasez notre cœur
De vos feux les plus doux…

Il couvrit Neige et s'enfonça en elle où il se perdit.

Durant les mois qui suivirent, Neige et Causapscal échangèrent une correspondance soutenue et passionnée dans laquelle il ne cessa de l'accabler de sa propre culpabilité et de son questionnement morbide.

Un jour, empoisonné par son secret, il s'en ouvrit à Aristide Landerneau, qu'il avait invité à dîner dans un restaurant non loin de Radio-Canada. Le jeune romancier s'émut de telles amours.

— Ta Neige est tout aussi perdue que toi. Il y a cinquante ans, elle serait entrée au Carmel.

— Elle me dit parfois qu'elle est née avec vingt ans de retard.

— Et vous vivez ensemble aujourd'hui ce qui t'effrayait, à vingt ans, avec sa mère, dit Aristide.

— Peut-être…

— De nos jours, les filles n'ont généralement pas sa douceur, et bien peu s'abandonnent, comme elle, à un tel esclavage.

— Elle n'est pas mon esclave, protesta Causapscal.

— Mais elle l'est de l'amour, dit Aristide. Aujourd'hui, ajouta-t-il, les femmes en sont en général bien plus les victimes que les esclaves.

– Que veux-tu dire?

– Pour beaucoup d'entre elles, l'amour est perçu comme une entrave à leur épanouissement personnel. Mais elles ignorent que bien peu d'êtres humains, hommes ou femmes, s'épanouissent pleinement.

Causapscal et Aristide devisèrent longuement sur les changements survenus dans les relations amoureuses.

– Au fait, demanda enfin l'écrivain, est-ce que tu quitterais ta femme pour elle?

– Jamais, dit Causapscal.

Landerneau se leva et dit, avant de partir: «Alors, c'est Neige qui un jour va te quitter.»

Causapscal, songeur, revint à son bureau. Il vit qu'on avait déposé sur sa table de travail une lettre venant de Trois-Rivières. Il constata qu'elle n'avait pas l'épaisseur des précédentes. Neige, en effet, écrivait habituellement des épîtres interminables. Il ouvrit l'enveloppe et lut avec stupéfaction:

Cher vous,

J'ai beaucoup songé à nous deux depuis quelques jours et j'en suis venue à la conclusion qu'il vaudrait peut-être mieux ne pas nous revoir durant un certain temps. Je ne me rendrai pas à Montréal comme prévu, la semaine prochaine. Je me sens très fatiguée et prendre la route en plein hiver m'apparaîtrait risqué.

Je vous embrasse tendrement,

Neige

Causapscal eut le souffle coupé. Les mots de Landerneau lui battirent les tempes: «Alors, c'est Neige qui un jour va te quitter.»

Sidéré, il relut les mots *ne pas nous revoir.* Pas un instant cette éventualité n'avait même effleuré son esprit: Neige l'aimait passionnément, elle ne vivait que par lui et pour lui, elle le lui avait écrit encore récemment dans une lettre où elle le tutoyait et l'appelait par son prénom, ainsi qu'il le lui avait demandé.

Mon bien-aimé Causapscal,
Tu te demandes s'il est humainement possible d'aimer
autant que je t'aime, et tu voudrais savoir pourquoi. Je
t'aime parce que tu existes. Tu existes et je t'aime. Il n'y a
pas d'autre explication.
Puis, une autrre phrase de la lettre le hanta:
J'ai tant espéré que tu quittes tout pour venir à moi.
Tout s'embrouilla dans l'esprit fiévreux de Causapscal.
Subitement lui échappait un pouvoir d'autant plus flatteur
qu'il avait l'innocence pour objet. Était-il possible que
disparaisse de sa vie la jeune femme qu'il exaltait dans la
mesure même où elle s'abaissait? Tout s'écroula en lui, avec
plus de fracas encore que la nuit où Neige brisa le bouclier
que sa pureté imaginée dressait contre sa culpabilité. En
proie au désarroi, il téléphona sur-le-champ à Trois-
Rivières. Neige n'était pas chez elle. Fébrile, il recomposa le
numéro à plusieurs reprises au cours de l'après-midi.
Enfin, elle répondit. La voix au bout du fil avait le ton
détaché de la courte lettre qu'il n'avait cessé de relire. Son
angoisse en fut augmentée d'autant.
— Je veux te voir, ce soir.
— Mais... c'est que j'ai un cours très important, dit
Neige.
— Après ton cours très important, suggéra Causapscal,
agacé.
— Vous n'êtes pas raisonnable...
— Tu ne l'étais pas, toi non plus, quand tu es venue à
mon bureau sans même me prévenir, rappelle-toi! tonna
Causapscal au téléphone.
— Bien sûr, mais c'était différent...
— À quelle heure finit ton cours?
— À dix heures...
— Je serai chez toi à cette heure-là, dit-il.
Et il raccrocha.

On était en février. Causapscal ne se soucia pas des
prévisions météorologiques qui annonçaient une pluie

verglaçante et, à six heures, il roulait déjà sur l'autoroute en direction de Trois-Rivières, avec le sentiment qui nous habite à l'annonce de la mort d'un être cher, et à laquelle on ne se résigne qu'après avoir touché son cadavre glacé. Le voyage fut long et périlleux. En cours de route, il appela sa femme pour lui dire qu'il avait passé l'après-midi à Trois-Rivières pour négocier l'engagement de poètes de la région, et qu'il serait risqué de rentrer le soir même.

S'il s'était rendu coupable depuis deux ans d'omissions et de demi-vérités, rarement Causapscal avait-il dû mentir ainsi.

Odile lui apprit que Hugo venait de téléphoner de Rouyn pour lui annoncer une grande nouvelle : sa femme était enceinte. « Dans huit mois, tu seras grand-père », avait-elle blagué au téléphone.

À neuf heures, le futur grand-père rangea sa voiture dans la rue des Forges, non loin de la terrasse Turcotte. Après avoir bu nerveusement plusieurs tasses de café dans un restaurant, Causapscal se rendit chez Neige.

— Quel temps, s'exclama-t-elle.

— Un temps de chien, en effet, dit-il. Un temps qui ressemble à la lettre que j'ai reçue cet après-midi : tout est glacé.

— Dehors, oui, fit Neige, mais je ne crois pas que ma lettre...

— Elle est plus froide encore et plus traîtresse que l'autoroute ou les rues de Trois-Rivières. Mais peut-être y épandras-tu un peu de sel ?

— Il paraît que ça n'est pas très bon pour l'environnement, dit-elle.

L'attitude de Neige confirmait ce que Causapscal craignait depuis la lecture de sa lettre. C'est pour cela qu'il avait roulé sur des routes peu recommandables : incrédule, il voulait voir, il voulait **LA** voir.

Neige resta impassible. Le beau visage qu'il avait vu tant de fois blêmir ou s'illuminer, s'animer et exprimer toutes les nuances de tous les sentiments, demeura impénétrable ; le regard si souvent enflammé d'éclairs

amoureux le foudroya plutôt de son indifférence. On
entendit le même dialogue que cinq mois plus tôt, dans le
bureau de Causapscal, mais cette fois c'est lui qui suppliait.
- Tu ne m'aimes plus?
- Mais oui, seulement...
- Seulement, quoi?
- Vous devez comprendre que je n'en peux plus...
- Non, je ne comprends pas! La dernière fois que
nous nous sommes vus, tu te pendais à mon cou, me
suppliant de rester une heure encore, et ce soir, tu es de
marbre.

Il se refusa longuement à poser la question qui lui
brûlait les lèvres, tant elle lui paraissait enfantine, risible
et humiliante, mais à la fin elle s'échappa de son cœur:
- Il y a quelqu'un d'autre dans ta vie?
- Oh non! fit Neige, d'une voix lasse. Je me demande
même si je serai jamais capable d'aimer à nouveau.
- Si tu dis cela, c'est donc que tu n'aimes plus?
- On ne cesse pas d'aimer aussi facilement, gémit-
elle.

Causapscal éprouva soudain l'étrange sentiment qu'il
lui était interdit de toucher Neige, ou même d'entrer dans
le petit anneau de lumière bleue de la lampe qui l'encer-
clait. Il trouva cette idée absurde et, se faisant violence, il
s'approcha pour l'enlacer, croyant que les gestes, mieux
que la parole, sauraient la fléchir. Mais elle se dégagea
doucement en disant: «Je suis si fatiguée.»

Neige avait pris la décision irrévocable de vivre son
amour sur un autre plan. Elle répéta une dernière fois ces
mots auxquels elle savait que Causapscal ne répondrait
pas: «J'espérais que vous quittiez tout pour venir à moi.»
- Mais... je suis là, bafouilla Causapscal.
- Vous savez bien que vous n'y êtes qu'à moitié...

Un long et lourd silence s'installa dans la pièce.
Comme le jeune homme de l'Évangile devant le «Viens et
suis-moi» du Christ, il se tut et baissa la tête.

Neige garda autant de fermeté dans sa résolution de
mettre un terme à leur relation qu'elle en avait montré

dans sa quête amoureuse. Elle avait déjà fait son deuil des rêves que leurs étreintes avaient soulevés en elle.

Elle fut soulagée que Causapscal ne réponde pas à son ultime appel par des protestations d'amour qui l'eussent fait flancher. Ce silence accentua sa détermination et renforça son intelligence d'une situation dans laquelle elle perdait tout et se détruisait inexorablement.

Imprégné d'une adoration dont il n'avait pas un instant soupçonné qu'elle pût avoir une fin, Causapscal fut ébranlé jusque dans le tréfonds de son être et plus malheureux encore que la nuit où Neige s'évanouit à ses pieds. Il pataugea dans un marais de contradictions, de désirs et d'émotions, en plus d'être rongé, à partir de ce jour, par un amour-propre écorché. Toute vanité souffre de la désaffection amoureuse dans la mesure même où on l'a flattée.

Durant des heures, Causapscal espéra en vain un mot, un geste, un mouvement. Neige resta inébranlable. C'est cela surtout qui le révoltait. Comment pouvait-elle montrer tant de dureté, d'insensibilité?

Il se résigna enfin à la quitter, après lui avoir fait promettre de lui écrire un mot. La mort dans l'âme, il alla passer la nuit à l'hôtel et rentra le lendemain à Montréal.

Les jours suivants, Causapscal eut du mal à sortir de sa torpeur. Chez lui, il arrivait à masquer son état d'hébétude, mais au travail il s'y abandonnait presque entièrement, laissant à ses collaborateurs le soin de régler les problèmes quotidiens.

Jamais, de toute sa vie, il n'avait ressenti un tel abattement, pas même quand une jeune Trifluvienne qu'il avait aimée follement, dans sa jeunesse, l'avait quitté sans explication. La tristesse de cette première peine d'amour n'avait rien eu de comparable aux affres qu'il endurait maintenant.

Le surlendemain de son voyage à Trois-Rivières, Causapscal avait appelé Aristide Landerneau à son secours. Ce dernier l'ayant rejoint dans un restaurant du boulevard

Dorchester, ils avaient passé la soirée entière à parler de Neige. Aristide n'avait pu que constater l'obsession amoureuse de Causapscal et l'amertume de son cœur.

— Comment as-tu pu prévoir, toi qui la connais à peine, qu'elle mettrait fin à notre relation?

— Crois-tu la connaître tellement mieux? demanda Aristide.

— Tout de même, nous avons été si souvent ensemble...

— Mais, si j'ai bien compris, toujours dans des situations d'extrême intensité amoureuse.

— Oui, bien sûr...

— Que d'ailleurs tu ne pouvais pas supporter très longtemps, précisa Landerneau.

— Ça fait tout de même deux ans et demi que...

— Oui, je sais, interrompit Aristide. Mais si tu additionnais les heures que vous avez passées l'un près de l'autre, combien de temps cela ferait-il?

— L'amour ne se calcule ni en heures ni en semaines ni en mois ...

— Surtout si on ne les vit pas ensemble, enchaîna Aristide.

— Mais elle savait, dès le début, qu'il en irait ainsi, plaida Causapscal.

— Ah bon, vous en aviez discuté?

— Euh... non, mais la chose allait de soi.

— Pour toi, peut-être, mais pas pour Neige. Est-ce qu'elle ne t'a pas écrit qu'elle espérait que tu quittes tout pour elle?

— Elle me l'a redit aussi, l'autre soir...

— Tu ne lui offrais que des parcelles d'existence, dit Aristide.

— Des parcelles...? J'ai risqué mon cœur, j'ai risqué mon âme pour elle!

— Les femmes n'ont que faire de nos âmes, dit Landerneau.

— J'ai piétiné les principes qui jusque-là avaient guidé ma vie, enchaîna Causapscal, j'ai honteusement trompé ma femme.

– Non, pas honteusement, dit Aristide. Bêtement, tout au plus.

Durant cette conversation, Aristide Landerneau observa à quel point l'amoureux blessé s'enlise avec complaisance dans sa propre douleur, s'y vautre presque.

Mais il vit aussi dans l'histoire amoureuse de Neige et de Causapscal le Québec d'hier et celui d'aujourd'hui, réunis par-delà les transformations survenues depuis le milieu du siècle, l'ancien et le nouveau s'affrontant douloureusement. L'amour, pensa-t-il, se moque des mutations.

Il se passa plusieurs jours avant que Causapscal reçoive la lettre promise. Il l'ouvrit, plein d'anxiété.

Cher vous,

Je suis attachée à vous plus que vous ne pouvez le soupçonner. Durant des mois, après le désastre de septembre dernier, j'ai pleuré des larmes de plomb, sachant que je ne verrais plus dans vos yeux qu'une image déformée de moi, que votre regard ne projetterait plus sur ma personne cette lumière qui l'auréolait. Il ne me déplaisait pas de souffrir votre absence des semaines entières, quand leur succédaient les heures de béatitude où vous m'éleviez à des hauteurs sublimes et que nous nous enfermions tous les deux dans le circuit clos de nos âmes. J'ai tenté de toutes mes forces, mais en vain, de retrouver avec vous la joie parfaite, et j'ai compris qu'elle ne m'était accordée que par celle que je ne peux plus vous donner.

Je suis infiniment triste et seule avec le souvenir de tous les bonheurs que je vous dois. Je vous embrasse tendrement.

Neige

Causapscal exulta à la lecture de ces mots. Elle souffrait et se tourmentait elle aussi. Peut-être tout n'était-il pas perdu et retrouveraient-ils ensemble un apaisement à leurs maux. Il le crut fermement, un mois plus tard, quand il reçut d'elle un coup de téléphone.

— Je voulais entendre votre voix, dit Neige.

— Eh bien, moi, je veux te voir, absolument.

Causapscal plaida si bien qu'elle l'invita à venir chez elle.

— Non, dit-il, nous nous reverrons à la ferme. J'y vais en fin de semaine et je t'y attendrai.

Elle accepta de s'y rendre.

On était à la fin du mois de mars. La lumière se faisait plus vive et des effluves d'une grande douceur accueillirent Causapscal quand il sortit de sa voiture, au milieu de l'après-midi, derrière la maison de campagne. Une corneille s'envola du toit vers une forêt toute proche.

Il avait plu quelques jours plus tôt, et la neige aux alentours avait perdu son éclat. Causapscal fit du feu dans le poêle, dressa la table, alluma la radio, puis il se plongea dans la relecture de *Justine* de Lawrence Durrell. Il avait lu autrefois ce roman et les trois autres qui composent *Le Quatuor d'Alexandrie*; il en avait éprouvé un vif plaisir esthétique, mais les passions et la sensualité qu'étalent ces pages remarquables lui étaient alors étrangères. Il relut avec avidité l'œuvre du grand écrivain. Cette phrase le laissa songeur: «Je commençais à me rendre compte à quel point cette femme m'avait dépossédé de toute force morale. J'étais comme Samson privé de sa chevelure.»

Rivé durant des heures à sa lecture, Causapscal ne vit pas le temps changer. Quand il sortit pour accueillir Neige, vers sept heures du soir, de gros nuages couvraient le ciel et le vent s'élevait dans la plaine. La neige bientôt commença à tomber en rafales.

— Tu es arrivée juste à temps, dit Causapscal.

– Il neigeait déjà un peu quand j'ai quitté Trois-Rivières, mais là, je crains que ça ne tourne à la tempête, fit remarquer Neige.

– Qu'importe, tu es là, j'ai fait du feu, j'ai avec moi des livres et des disques, et nous avons amplement de provisions.

Ayant épuisé les quelques phrases habituelles concernant la volte-face du climat et ses caprices à cette période de l'année, Neige et Causapscal se regardèrent longuement, cherchant l'un et l'autre et l'un dans l'autre le fluide magique, subtil et mystérieux, qui abolissait auparavant l'espace entre eux et rendait toutes choses légères et lumineuses. La lampe à l'huile répandait une lueur blême dans la cuisine, le bois crépitait dans le poêle, le vent sifflait dehors et battait les vitres où la neige tournoyait, blancheur immatérielle dans la nuit. Causapscal plaça sur le tourne-disque le concerto pour violon et orchestre de Brahms, joué par Arthur Grumiaux et le New Philarmonic Orchestra, que Neige lui avait offert à l'occasion de son anniversaire. Puis, il alla à la fenêtre.

– Il neige, amour, il neige, dit-il. Il poursuivit : «Lorsque j'étais enfant, une tempête m'avait obligé à rester plusieurs jours chez mon grand-père François-Xavier. On ne possédait pas en ce temps-là l'équipement motorisé qui permet de dégager les routes au fur et à mesure que s'accumule la neige. »

«La neige ... », répéta-t-il, d'une voix sourde. Et il ajouta : «Tu avais bien raison de dire un jour que tout finit par se changer en toi. »

Causapscal n'apercevait plus la lisière du bois.

Neige s'approcha lentement. Le violon de Grumiaux lança une phrase musicale d'une intense beauté, au moment où elle arriva derrière Causapscal. Elle l'encercla de ses bras, appuya la tête contre son dos, comme on voit dans certaines scènes de théâtre.

Mais elle resta silencieuse.

– J'ai souvent rêvé que nous étions enneigés, enveloppés tous les deux dans un linceul immaculé et froid, dit Causapscal. Peut-être, ajouta-t-il d'une voix faible, seule la mort, la blancheur suprême, nous rendra-t-elle la lumière entrevue au-delà de nos baisers.

– Je suis née vingt ans trop tard, se plaignit Neige.

– Je parle de mort et toi, de naissance...

– Combien de fois n'ai-je pas souhaité enfanter de vous, dit Neige.

Sans se retourner, Causapscal murmura un «Je t'aime» douloureux, comme la musique de Brahms, comme toute musique faite de ce que l'être humain entrevoit sans pouvoir le nommer.

– Dites-le encore, s'il vous plaît! supplia-t-elle.

– Oui, je t'aime au milieu de tous les maux, comme je t'aimais parmi toutes les joies!

Ils pleurèrent tous les deux.

Le mot de Rimbaud, **La vraie vie est absente**, s'imposa à l'esprit de Causapscal. À la fenêtre enneigée d'une maison de campagne au pays de son enfance, il comprit ce que parfois Neige lui avait donné l'illusion de posséder: la vie absente. Cette illusion, il l'éprouvait encore en ce moment, malgré les larmes et la douleur.

Une âme plus pure encore que la sienne s'attachait à lui, l'enveloppait d'une blancheur vaporeuse, comme la neige dehors recouvrait les champs, comblait les fossés et les rigoles, s'amoncelait à l'orée des bois, emplissait la nuit tout entière.

N'est-ce pas cette absence que déjà il ressentait dans la petite enfance, quand il allait se réfugier dans les bras de sa mère, première patrie, et qu'elle lui chantait *Entre le bœuf et l'âne gris*, première musique. N'est-ce pas cette absence aussi que sa femme Odile apaisait depuis près de trente ans, et ne lui avait-elle pas donné, avec ses trois enfants, trois fois une vie dont on eût pu dire la veille encore qu'elle était absente.

Les pensées de Causapscal se perdent dans la confusion de l'être. Sur les lieux mêmes de son enfance, il arrive à l'heure du partage entre la chair et l'os, entre le cœur et l'âme.

Les romans ne renferment pas la vie, ils n'en racontent que la surface ridée, comme celle d'un lac. Ne savons-nous pas le secret de notre cœur inaccessible et celui de notre âme, incommensurable? Qui saurait retracer un flocon de neige dans la tempête?

— Savez-vous que nous nous voyons ce soir pour la dernière fois? demanda Neige.

— À vrai dire, je ne me pose en ce moment aucune question. Tu es là, il neige à plein ciel. Cette minute me suffit.

Causapscal remplit deux verres. Il en tendit un à Neige.

— C'est sans doute aussi la dernière neige, dit-il. Pourquoi n'irions-nous pas dehors un moment?

— Si vous voulez, dit Neige.

Ils sortirent sur le perron. La maison les protégeait des vents de l'ouest. Neige avait mis sur ses épaules un lainage de Causapscal, vieux chandail aux coudes troués qu'il affectionnait et dont il ne voulait pas se défaire. Blottie contre lui, elle regarda tournoyer la bourrasque autour du petit hangar, tout près.

La neige devenait si dense qu'on devinait à peine le halo de l'ampoule au-dessus de la porte.

— Comme c'est beau, s'exclama Neige. La nuit est toute blanche.

— Le vin de France et la neige québécoise se saluent, dit Causapscal, en levant théâtralement son verre.

— Le rouge et le blanc, dit Neige, tristement. Le blanc de nos âmes et le rouge de nos sangs.

Ils rentrèrent bien vite. Causapscal mit une bûche de hêtre dans le poêle, alluma une chandelle, plaça dans sa radiocassette le *Requiem* de Mozart; ils dérivèrent ensuite lentement vers la chambre où il apporta le bougeoir.

On sentait davantage la tempête à l'avant de la vieille maison, offert à la rafale. Le sifflement du vent aux fenêtres s'harmonisait avec la musique du *Requiem*, tandis que des amours blessées s'obstinaient, à la lueur de la chandelle, à chercher la vie absente.

Pour la première fois, en s'abandonnant aux délices de leurs corps, Neige et Causapscal laissèrent parler leurs âmes, comme si elles eussent voulu, l'une et l'autre, saisir l'ultime chance de se rejoindre par-delà les vents et les neiges.

– Tout nous sépare et tout nous unit, soupira-t-il.

– Je vous ai tant aimé, dit-elle.

Le lendemain matin, la tempête avait cessé. Déjà les chasse-neige déblayaient les routes aux alentours. Causapscal couvrit Neige de l'édredon et alla ranimer le feu dans le poêle et préparer le café. La neige nouvelle reluisait sous le soleil de mars; des moineaux piaillaient sous le toit où ils commençaient à faire leurs nids.

Une demi-heure plus tard, Neige posait sa mallette près de la table de la cuisine.

– Quelle belle matinée! dit-elle.

– Tu es si pressée de partir? demanda Causapscal, en versant le café.

– J'ai des tas de choses à faire, que j'ai laissées en plan ces derniers mois.

Une fois Neige partie, Causapscal décida de rentrer chez lui.

Il est onze heures du soir et dans une cellule de la Trappe d'Oka, un homme reste penché sur une petite table encombrée de cahiers de notes, de lettres et de photos. Il s'est juré qu'avant minuit rien de tout cela n'existerait plus, qu'il verrait un moine le lendemain et se confesserait, chose qu'il n'a pas faite depuis une dizaine d'années.

Durant une heure encore, Causapscal laissera errer son cœur.

Avant de quitter Saint-Léonard, il avait arraché à Neige la promesse d'une dernière lettre. Une dernière fois il lut:

Cher amour,

Vous savez bien que je vous aimerai toujours et que jamais personne ne prendra la place que vous occupez dans tout mon être. Mais vous savez aussi qu'il nous était devenu impossible de nous rejoindre ailleurs que dans cette passion dévorante, impossible également, sinon interdit, de tisser entre nous les liens ordinaires de la vie. Je rêvais follement que succéderait à nos contacts fulgurants une permanence dont j'ai compris enfin qu'il était illusoire d'y songer. Ce désir n'exista pas tant que je reçus de vous l'amour extasié dans lequel mon âme se reposait. Mais après avoir succombé au besoin criant de fusion que vous savez, tout conspira à ma perte; votre absence me devint insupportable, et grandit en moi l'angoisse de la solitude qu'apaisait auparavant notre amour. Il me devint impossible de faire transhumer mes peines, de les mener vers les verts pâturages de l'âme. La langue française est bien faite, puisque les mots âme et amour sont voisins; mais sont-ils voisins de palier ou l'un habite-t-il au premier et l'autre, au-dessus?

Laissez-moi une dernière fois vous appeler mon bien-aimé, voulez-vous, mais faites-moi, je vous en prie, la grâce de ne pas répondre à cette ultime lettre. C'est la dernière faveur que je vous demande.

Je vous quitte librement, comme je vous ai aimé. Vous ne pouvez imaginer combien il m'a fallu, pour l'un et l'autre, déployer d'énergies; il en faut moins pour faire le bien et se conformer aux bons usages que pour faire le mal que nous nous sommes fait.

Je n'oublierai jamais notre dernière nuit d'amour dans la maison de votre campagne natale, le vent, la neige, la rafale, la musique de Mozart, la lueur de la chandelle. Pourquoi croyez-vous que je suis partie si vite le lendemain, sinon pour conserver intacts en moi ces souvenirs blancs comme neige.

Je crois comprendre maintenant pourquoi l'homme a tant de mal à oublier l'erreur d'une femme aimée, faute qu'il peut commettre lui-même sans ressentir les mêmes

*troubles: le sexe de l'homme se dresse en dehors de lui
tandis que celui de la femme se trouve en elle.*
  *Mais sachez, mon bien-aimé, que là où vous êtes en
moi, personne jamais n'est venu.*

Neige

Causapscal déchiqueta cette lettre en tout petits
morceaux qu'il brûla. Il songea au mercredi des Cendres
de son enfance, quand monsieur le curé le marquait au
front en disant de sa voix rude: «Souviens-toi, ô homme,
que tu es poussière et que tu retourneras en poussière.»

Après l'ultime rencontre à la maison de ferme,
Causapscal endura durant des mois les affres de l'amour-
propre blessé, aggravés par leur refoulement et par son
incapacité à les faire servir à quelque bien. Il n'osa pas
offrir à Dieu ses souffrances, à cause de leur origine
coupable, et il ne pouvait les partager avec sa femme,
Odile. La douleur tourna en rond en lui comme une bête
fauve blessée.
  Après des mois d'amertume, il vint à l'esprit de
Causapscal une idée qu'il trouva d'abord monstrueuse:
revoir Blanche. S'il se confiait abondamment à quelques
amis intimes, il ne pouvait s'abandonner à des épanchements excessifs ni attendre d'eux une consolation
affective. Et puis, n'est-ce pas avec elle et à cause d'elle
que sa vie avait commencé à dériver, avant d'échouer
finalement dans la passion que lui avait inspirée sa fille?
Il lui téléphona pour lui donner rendez-vous au
Faubourg Saint-Denis. Il l'y l'attendit à la table où tant de
fois il avait retrouvé Neige.
  C'était un soir chaud et pluvieux du mois d'août.
Blanche arriva, rayonnante. Elle avait l'air étonnamment
jeune dans l'imperméable rouge dont elle rabaissa le
capuchon en se frayant un chemin entre les tables du
café bondé. Des gouttes d'eau ruisselaient sur son visage,
une mèche de cheveux mouillés tombait sur son front.

Causapscal éprouva en la voyant un soulagement comparable à celui d'une personne perdue en forêt quand elle croit avoir retrouvé son chemin: Blanche le sortirait de ces longs mois d'introspection douloureuse, il trouverait en elle un réservoir où déverser sa tristesse, un point d'appui pour soulever son âme.

Blanche se réjouissait que Causapscal l'ait appelée à son secours, «dans une situation difficile», avait-il dit au téléphone. Elle s'apprêta, avec ferveur, à jouer son rôle de consolatrice.

– Qu'est-ce qui ne va pas? demanda-t-elle, en voyant sa mine sombre.

Pour la première fois, Causapscal remarqua une ressemblance entre la mère et la fille, non pas dans les traits du visage mais dans l'attitude, une façon qu'elles avaient toutes deux de pencher légèrement la tête.

– Parlons d'abord de toi, dit-il.

– Oh moi, tout va pour le mieux: j'ai un nouvel emploi, à Hydro-Québec. Au service des relations publiques.

Il hésita avant de demander:

– Et... ta fille?

– Elle a refusé de venir travailler à Montréal. Elle préfère rester à Trois-Rivières. Elle enseigne, à temps partiel. Elle n'est pas heureuse.

– Ah non... Pourquoi donc? demanda Causapscal, intrigué.

– Une peine d'amour, dit Blanche.

Causapscal blêmit, craignant que Neige ait mis sa mère au courant de leur aventure, mais bien vite il fut rassuré quand elle ajouta:

– Elle a dû tomber amoureuse d'un autre de ces jeunes musiciens échevelés qui croient réinventer la musique.

– Tu n'en sais pas davantage? s'informa Causapscal.

– Elle me parle de tout, sauf de ses amours, dit Blanche. Mais je sais à quel point elle est entière et se donne en toutes choses sans réserve.

Les propos de Blanche versèrent un baume sur la blessure de Causapscal: ainsi donc, Neige disait vrai dans sa dernière lettre et elle se débattait avec son souvenir.

– Mais toi, de quelles sortes d'ennuis voulais-tu me parler? demanda Blanche.

– Je souffre du même mal que ta fille, dit-il d'une voix éteinte.

Blanche resta interdite.

– Tu es amoureux…? demanda-t-elle, incrédule.

– Je l'ai été, oui, confessa Causapscal.

– Pourtant, tu te disais parfaitement heureux avec ta femme, s'étonna Blanche.

– Je le suis toujours, mais j'ai vécu un étrange et douloureux amour parallèle.

Alors Causapscal se mit à raconter, sans jamais nommer Neige, son roman-fleuve. Au bout d'une heure, ensorcelés l'un et l'autre par leur tristesse réciproque, ils décidèrent d'aller poursuivre la soirée à l'appartement de Blanche. «Nous y serons mieux, dit-elle, que dans ce café bruyant et enfumé. »

Seule une femme peut effacer le souvenir d'une autre femme, ou le noyer momentanément dans sa propre *féminitude*. Causapscal s'emmitoufla dans la chaleur des yeux de Blanche, pleins d'une infinie tendresse. Un passé lointain ressurgit alors dans sa mémoire, des moments privilégiés de sa jeunesse refirent surface, auréolés d'un éclat nouveau, émouvant: la fin des années quarante et le milieu du siècle, le collège, le grand séminaire, l'usine de la Wabasso, des chansons de Charles Trenet et d'Yves Montand, des poèmes de Prévert, des films de Marlon Brando et de Gérard Philipe, les émissions de radio qu'il écoutait en fin de soirée dans sa chambre, les rêves qu'il faisait, les minutes passées avec Blanche à entendre l'organiste dans la pénombre de la cathédrale, le soleil déclinant au-delà des côteaux et les nuits étoilées qu'ils contemplaient ensemble, au bord du fleuve.

Dans l'intimité du salon de l'appartement, l'ombre de leur jeunesse les couvrit à nouveau, comme le jour de leur rencontre à Percé. Blanche se glissa avec volupté dans la mélancolie de Causapscal, sachant que plus il avançait dans ses confidences, plus il devenait vulnérable.

— J'avais parfois le sentiment de ravir à un autre monde les émotions sublimes que j'éprouvais avec elle, dit Causapscal.

— Mais tout cela au milieu de plaisirs terrestres, fit remarquer Blanche.

— Oui, c'est vrai, elle m'enferma souvent dans ses baisers, mais j'étais aussi prisonnier d'autre chose; d'un rêve endormi peut-être qu'elle réveillait en moi.

Blanche ouvrit une bouteille de vin. «Buvons ensemble à nos amours illusoires», dit-elle.

Une dernière fois, Causapscal s'empêtra dans son âme écorchée et, en s'abandonnant aux consolations de Blanche, s'enfonça dans un bourbier de sensations équivoques. Des voix pourtant l'avertissaient, lui répétaient qu'il avançait dans les ténèbres, mais il voulut atteindre la lie de lui-même. Il n'attendait aucun bonheur de cette étreinte, et il se vautra presque rageusement dans l'excès amoureux auquel Blanche le convia.

À ses implorations, il répondit: «Oui, oui, nous nous sommes aimés.» On eût dit qu'une puissance maléfique le poussait à chercher auprès de la mère un soulagement à la cruelle désillusion infligée par sa fille, qu'il voulait boucler le circuit infernal dans lequel Blanche l'avait entraîné, une nuit de juillet, à Percé; il avait retrouvé avec elle le souvenir de sa jeunesse et, avec Neige, la jeunesse parmi ses souvenirs, rue de la Terrasse-Turcotte et dans la vieille maison de Saint-Léonard-d'Aston.

À un certain moment, au milieu de leurs épanchements, Blanche se mit à sangloter.

— Pourquoi es-tu triste tout à coup? demanda Causapscal.

— Je suis toujours triste, répondit Blanche, mais il n'y a qu'avec toi que je sais le montrer. Il faut aimer beaucoup

pour avouer à quelqu'un sa misère. Puis elle ajouta:
«N'est-ce pas, Causapscal?»

Debout devant la table de sa chambrette, à Oka, ayant
détruit le Journal de ses amours et les lettres d'une
sublime jeune fille, un retraitant s'apprête à se défaire du
dernier souvenir: une photo d'elle, prise devant le fleuve.
Pendant qu'il déchire celle-ci, une phrase lui revient en
mémoire: «Il faut aimer beaucoup pour avouer à quelqu'un sa misère.»
Puis, il regarde sa montre. Il est minuit.

LE SEPTIÈME JOUR

Causapscal avait demandé qu'on le réveille, dans la nuit, pour assister à l'office de Vigile. Il se rendit par les couloirs obscurs jusqu'à la chapelle. Il avait dormi quelques heures à peine, après avoir longuement songé à sa condition d'homme et à la fluidité mystérieuse de l'existence. Ayant traversé les nombreuses mutations de la société québécoise, Causapscal Beauséjour s'avance vers la soixantaine en emportant avec lui un monde ancien et immuable emmêlé à une vie changeante: à une extrémité se dresse le grand-père François-Xavier, né en 1860, et à l'autre, une jeune fille née un siècle plus tard, venue s'interposer comme un prisme déformant entre lui et le dernier versant de son existence. Il lui a fallu se réfugier dans le silence de la Trappe pour se réconcilier avec l'insaisissable.

Dans la chapelle sombre, les moines modulent:

Oui, mon cœur s'aigrissait,
j'avais les reins transpercés.
Moi, stupide comme une bête
je ne savais pas, mais j'étais avec toi.

Moi, je suis toujours avec toi,
avec toi qui as saisi ma main droite.

Tu me conduis selon tes desseins;
puis tu me prendras dans ta gloire.

Qui donc est pour moi dans le ciel
si je n'ai, même avec toi, aucune joie sur terre?
Ma chair et mon cœur sont usés:
ma part, le roc de mon cœur, c'est Dieu pour toujours.

Causapscal murmure les paroles du psaume, mais bientôt une sorte de torpeur le saisit, il ressent dans une vision fulgurante l'essence même de son être et non plus ses rapports avec le monde: des milliards d'instants projetés dans des milliards d'étoiles et, par-delà les nombres, des ombres fuyantes et lumineuses.

Des images floues se superposent dans son esprit, mêlées à des musiques, à des couleurs, à des sons et à des odeurs: les gigues de violoneux de son père s'unissent à la sublime musique de Brahms jouée par Grumiaux, les notes grêles d'un orgue de Barbarie gémissent parmi les grands jeux du superbe instrument de l'Oratoire Saint-Joseph; l'arôme des crêpes de la grand-mère et le parfum du sirop d'érable l'environnent à nouveau; le vert des étés, le blanc des hivers, l'ocre des automnes et le bleu des ciels d'avril se fondent en une cinquième saison; des visages aimés lui apparaissent, il reconnaît les accents et les inflexions de voix anciennes et familières qui murmurent à son âme; des paysages de neige et de verdure surgissent, de clairs ruisseaux s'enfuient sous le feuillage des forêts, des rivières dessinent leurs méandres au creux de vallons.

Oui, tout s'en va vers la mer, mais non, nulle douceur n'est vaine et nul amour ne meurt. C'est cela que découvre Causapscal en remontant à la source de tout Amour. La terre tourne dans le même espace que les plus lointaines étoiles et les galaxies infinies. Les spéculations intellectuelles, les savantes théories et les prétentions de toutes sortes l'indiffèrent. Qu'importe sa pauvreté culturelle, son vocabulaire approximatif, les mots qu'il ignore et les choses que ceux-ci désignent, ce n'est pas de cela qu'il s'agit, mais de son être.

Avant de prendre la décision d'aller se recueillir une semaine à la Trappe, Causapscal a tenté désespérément de se soustraire à l'anéantissement et cherché dans le relativisme un apaisement à l'emprisonnement de son âme. Il a découvert alors que son cœur de Québécois était resté tout aussi «charbonnier» dans son irréligion qu'il l'avait été dans sa foi. Il lui a fallu l'épreuve de feu de la passion pour comprendre qu'aucune des parcelles de l'amour humain ne se perd, même si l'on s'y égare, et qu'il reste dans l'illusion de l'assomption une part d'élévation.

Causapscal est seul dans le silence de la chapelle que les moines viennent de quitter. Une prière monte en lui, sans paroles. Son âme s'élève, mais il n'éprouve pas dans cette ascension le trouble qui le saisissait quand il croyait monter avec Neige à des hauteurs délirantes. Une paix profonde se mêle en lui à l'inexprimable.

Au bout d'une demi heure, un vieux Trappiste vint s'asseoir dans la pénombre aux côtés de Causapscal. Ce dernier murmura l'antique formule :

– Bénissez-moi, mon père, parce que j'ai péché. Après un temps de silence, il ajouta : «J'ai péché contre l'amour.»

– C'est toujours contre lui que nous péchons, dit le religieux.

Causapscal commença sa confession en disant d'une voix lente et sourde :

– **Elle s'appelait Neige...**

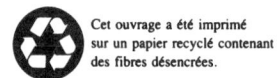